不辞怀抱

邵风华 著

漓江出版社

图书在版编目(CIP)数据

不辞怀抱 / 邵风华著. —桂林：漓江出版社，2019.11
ISBN 978-7-5407-8736-3

Ⅰ.①不… Ⅱ.①邵… Ⅲ.①散文集-中国–当代 Ⅳ.①I267

中国版本图书馆CIP数据核字（2019）第197747号

不辞怀抱
BUCI HUAIBAO

邵风华 著

出 版 人：刘迪才
策划编辑：陆 源
责任编辑：陆 源
助理编辑：孙静静 林培秋
装帧设计：周伟伟
责任监印：黄菲菲

出版发行：漓江出版社有限公司
社 址：广西桂林市南环路22号
邮 编：541002
发行电话：0773-2583322 010-85893190
传 真：0773-2582200 010-85890870-814
邮购热线：0773-2583322
电子信箱：ljcbs@163.com
网 址：http://www.lijiangbook.com

印 制：香河县闻泰印刷包装有限公司
开 本：787 mm × 1092 mm 1/32
印 张：7.75 字 数：130千字
版 次：2019年11月第1版 印 次：2019年11月第1次印刷
书 号：ISBN 978-7-5407-8736-3 定 价：45.00元

目 录

III　隐匿者手记

*

我在观察。我在理解。我在感受。我在回忆。我在质问。

——彼得·汉德克

不辞万里长为客，怀抱何时得好开。

——杜甫

前　言

多年来，我满足于自己作为一个隐秘写作者的形象。我日复一日贪婪地阅读，却又至为谨慎地写作。事实上，最近十年来我很少主动发表作品。我不知道自己是不是一个好的诗人、作家，但我相信我是一个好的读者和鉴赏者。对于自己所写下的文字，不论是诗歌、小说还是其他，我几乎只在一个小圈子里展示它们——我相信写下就是永恒，却又怀疑交流的必要和可能。

然而，随着岁月的流逝，我觉得把散落的文字汇集一处，也许是一个正确的选择。豪尔赫·路易斯·博尔赫斯说：一本书不过是万物中的一物，是存在于这个与之毫不相干的世上的所有书籍中平平常常的一册，直到找到了它的读者，找到那个能领悟其象征意义的人。我想，因此而产生的“那种被称为美的奇特的激情”，或许能帮助我克服生活中那无远弗届的荒诞之感，及其所带来的惶恐与惊悸。

在这本书里，“怀抱集”是对自我、他者和世界的心怀善意的观察，这些文字带有灵魂的温度。其中《新生活，旧时光》是日记选编，那是我生命中几个颠簸动荡的时期，当然，我已尽量掩盖了只属于个人的隐私。我把它们选录于此，是想说，每个人都可以用自己的方式，比如阅读、写作和冥想，来度过生命中那些晦暗的日子，并展开新的生活。“镜像与暗示”，是我对写作的零星思考，和对几位朋友及其作品的品评，后者像镜子，同时让我照见了自己。我长期居于渤海之滨、黄河尾闾的一个闭塞的小镇，单调的生活鼓励了我的慵懒，在使用微信之前，我很少与外面的朋友联系，比如通电话、写信。我特意将写给朋友们的几封信收录进来，它们见证了珍贵的友情，也部分地折射出我对写作的态度。“隐匿者手记”是在编选过程中，专门补写的部分。连续十几天，白天修订旧稿，晚上续写新篇，在台灯有限的光照之内，检视内心那无垠的空间，虽不无谵妄之处，但莫不凝结着我对于生命和艺术的体验与思考——从中也许可以看到尼采那令人心碎的影响。

邵风华

2018 年 9 月于黄河口

I　怀抱集

黑心菊

在我家客厅的窗台上，有一捧黑心菊。插在一个细高的白色玻璃花瓶里。当然，它们早已死去、枯萎，只有花心依然保持着浓重的黑色，仿佛宣纸上的一滴滴浓墨。

我依然记得我们在东城那条荒僻的路上捡拾它们的情景。我们已经走遍了东城的每一个公园，每一条街道。有一天，我们偶然驾车来到那条路上，路边种满了成片的黑心菊。几个花农正在修剪它们，一些剪下来的花枝散乱地堆放在路边。我们仔细地捡了一捧，把它们带回来，插在了花瓶里。后来，我们似乎又在那条路上走过，我记得我曾伸手指着路边那一片片金黄色的花朵说：看！黑心菊。

而在家里，它们渐渐死去、枯萎。五年了，它们仍然在我的窗台上。它们是一捧枯萎的黑心菊。

我有时用手机拍下它们，觉得非常好看。当初与我一起捡拾花枝的人早已退出了我的生活。只有那捧黑心菊还在坚持着，挣扎着。每当看到它们，我就会想起我们一起捡拾黑心菊的那个遥远的下午。

我不知道那片黑心菊突然出现在我的生活中，究竟预示着什么。它们即便枯萎了，也还是保留着一颗颗黑色的心——就像它们活着时那样。

漫不经心的人

在一本书的空白处，你写下一首首诗的残篇。你肯定早已把它们忘记，当你翻开那本书看到它们，你感觉如此陌生，仿佛是另一个人所有。

> 一天早晨 / 在东三路 / 我发现了一个 / 漫不经心的人 / 我发现了一个 / 手拿树枝的人 / 他吹着口哨 / 漫不经心 / 不断甩着手里的 / 那一截断枝……

是啊，你早已忘记了这首诗。在忘记它之前，你更早地忘记了你写到的那个人。现在，你成了他的替代者。你漫不经心地写下了这些句子，然后把它们忘记在一本书里。那是别人的书，你只是占据了它的一部分空白。

现在，你不再阅读，你只是翻开。你翻开了很多本书，也许已经是你藏书的四分之一，或五分之一。你寻找那些遗落的诗，或者那些还不能构成一首完整的诗的散乱的句子。然而，那些书上一无所有——连原来的字句都没有了。所有的书都是一片空白。

它们只是提供了一种早已忘记的生活，或一段痛苦与欣喜的间奏。你如此漫不经心，仿佛从没有活过。

最终，你在你的书中离去。你甩着一截断枝，像一个羞耻的人从镜子里消失。

窗　帘

窗帘是为孤独而制造的。或者说，窗帘制造了一种轻薄的孤独。它暂时将我们与窗外的世界隔开。但这总是短暂而又易碎：只需轻轻撩开窗帘的一角，外面的世界就像阻挡不住的热浪一样涌进小小的房间。也许窗帘能做到的，只是制造了孤独的幻觉。但谁又能说自己不需要这种幻觉呢。就像窗帘有时也阻挡住我们对于外面世界的恐惧，但也仅仅是一种幻觉一样。在窗帘里面，我们觉得自己获得了有限度的安全。当然，窗帘并不能改变世界，一秒也不能。正像世界上本就不存在哪怕一秒钟的安全。

在重新定制窗帘的时候，我曾想制作完全隔光的那种。但最终我的不合时宜的浪漫主义占了上风。我想到月明风清的夜晚，一觉醒来，看到透过窗帘洒落在床前的月光，该是多么富有诗意。然而，很快我就尝到了浪漫主义的苦头：浅灰色的窗帘同样不能遮挡住前面楼上射来的灯光。在看到月光之前，我先备受失眠那辗转反侧的折磨。

令人沮丧的是，睡眠的不佳并不能让我将更多的时间投入到阅读上来。我坐起身，抓过床头的一本书，美妙的曼斯菲尔德。一个在孤独和爱的双重压力下不断打磨她那精致的作品的文字艺术家。我阅读她的书信和日记，仿佛悄悄窥视着她的生活。我曾几次将这本书塞进书架，想让它消失在那一排排的书中，却总是一眼就能将它找到。最终我将这样的阅读视作与她的私下交流。我们交换着对于写作的看法，对于那些共同关注的作家，如哈代、司汤达和亨利·詹姆斯的批评意见，以及阅读中那不期而遇的巨大快乐。但是，失眠带来的烦躁和苦闷还是将这一切都破坏了。

也许将失眠归咎于窗帘是不对的。有时候，我故意把窗帘拉开，躺在床上遥望着幽远的夜空。没有星星，也没有月亮，但混乱的光源仍将房间照得发亮。这亮光使房间变得更加空洞了。在这时候，仅仅想象一个上帝的存在已经不够，房间里的每一件物品仿佛都具有了象征意义。它们暴露了我内心的软弱，使我无法应对这行踪不定的失眠的造访。失眠——它像一个鬼鬼祟祟的幽灵在房间里游荡着，伺机把我从一个个清浅又疲惫的梦中拽出。

该怎样看待一个开着窗子的房间？我们把目光探进房内，似乎想要寻找它的主人——也许只是一只受主人宠爱的猫。一间开着窗子的房屋，窗帘被拉到两边，甚至系上两条丝带。窗帘成为次要之物，我们的目光再也不会在它身上停留。但我们不应忘记窗子的使命，它使窗外的世界变成风景，并将人的内心与外面的世界相连。

不过，窗帘并不是窗子的附属品。它大于窗子。当它将窗子隔开，同时将自己变成了一件必不可少的装饰。不仅如此，它还保证了房屋主人的尊严。有了窗帘的房屋，就像一个个独立的星球。它使我们的生活变得可以忍受，使我们在生命中那些黯淡的时刻不至于陷于绝望。窗帘上的图案，或许显示了主人的审美趣味和生活态度。而一幅没有图案的窗帘也同样如此。

毒饵站

在小区里游荡。从一栋楼到另一栋楼。从一片小树林到另一片小树林。有时也穿过一条车流拥挤的马路，那是因为幼儿园正在放学。车太多了。人们越来越习惯于坐在一个铁制的盒子里在大街上疾驰而过。啊，到处挤满了这种长着轮子的东西。人们把自己生活中的一切都加速了——最终加速的还有死亡。可是，死亡已变得越来越没有诗意。它将人们拽入一种无边无际的恐惧之中。街道边，宴席上，人们议论着一个又一个死，不论新的还是旧的，仿佛它是地球上最时髦的消费品。人们不再骄傲，也丧失了优雅，只因他们不知道死神何时会光临。而死亡本身也丢失了它的深沉和庄严——难道它不是我们出生之后最隆重的日子吗？杀戮也许就是这样诞生的——源于一种更深的对于死亡的恐惧，并使这种恐惧丢掉了它至善的部分——它让人陷于疯狂。从幼儿园就开始了：孩子们热衷于踩死他们遇到的所有小型爬行动物，甚至将它们分尸；人们越来越醉心于毁灭，美好的事物日益稀少。如果太阳是可以毁灭的，相信它至少已经被毁灭一万次。人们只需要通过啜泣，只需要流出眼泪，就可以原谅自己的任何过错。在这个世界上，还有比原谅自己更容易的事吗？人们也已经消灭了神祇。除非出于某种世俗需要，神被拒绝在人的生活之外。

在小区里游荡。从一栋楼到另一栋楼。从一片小树林到另一片小树林。入夜时分，那条车流拥挤的马路上连人都不多见。我不由想到那背对世界而获得的幸福是怎样一副模样。维斯拉瓦·辛波斯卡写道：两个存活于自己世界的人 / 会给世界带来什么好处？她的意思是，人们孜孜以求的所谓幸福爱情是正常的吗？或者，是严肃的吗？我的确曾认为没有比死亡更严肃的事情。它容不得丝毫谐谑。它让人们正襟敛容。它让人类那虚妄的自大变得多么可笑。

在小区里游荡。从一栋楼到另一栋楼。在一栋楼房背面的角落里，突然发现一个蹲踞于地的小小的三角形建筑物。仔细辨认，上面用黑色的颜料刷着几个宋体字：毒饵站。从这天开始，我才知道每一栋楼后都有这样一个毒饵站，里面无一例外地撒着几十粒香米大小的人造毒饵。以前怎么没有注意到呢？也许正是毒饵站的存在，保证了居民免于老鼠和刺猬的骚扰。可是，毒饵站，不正是这样一个象征物吗——通过它，人们成功地将对死亡的恐惧传给了那些更为弱小的动物。

月亮渐渐升起来了。它由于过于遥远而显得清白无辜。我在小区内的旅程也将要结束。毒饵站，是否将进入一个更其遥远和深邃的梦中？希望在那里，没有一件东西的存在不是为了展示精神作为实体的终极需求；没有一件东西不在我们的注视下，显现出原初那宏大的宁静与美好。

巢

那一天，我和同伴行走在秋天的大地上。收获后的大地像产后的母亲一样疲惫和虚弱。但这比喻是现在的，而不是那天的。那一天我只有八岁，我的同伴也是。我们还不能用比喻来表达自己对这个世界的感受。而对于秋天，我是在逐渐成熟之后才理解了它衰败的实质。我把内心依附在一切我看到的事物之上：我创造了我自己。也许这一切的源头依然是那贫瘠的童年。那一天，我和我的同伴行走在收获后的秋天的大地上。他的手里捧着一个鸟巢，鸟巢里有四个鸟蛋——我们童年里意想不到的财富。这些鸟蛋赋予我们飞翔之梦。天空又高又远，我们在天空之下走着。那是秋天的大地，我们在大地之上走着。我现在已记不起我们要走到哪里去。过去的一切都遗失了。很多时候，我们就是这样盲目地走着。忘记了过去，也弄不清未来。我们把自己交给双脚，却受制于一个飞翔的愿望。

直到这场景一再出现在梦中。它把我分裂成两个部分。在命运的队伍里，我是上帝的逆子。我陷进一个巢中，鸟蛋早已破碎。

八月之光

在八月的黄昏，或者，在八月燠热的弥漫着蒸汽的黄昏，我走进一个废弃已久的园子。但我并不知道将要遇见什么。

有人在死亡中体会到内心的羞耻。所有发生在我们生活中的一切，都已不可避免地发生了。没有一个键用来取消它们，同时取消那即将到来的日子。

日常生活

买书。阅读。写作。练习书法。偶尔与朋友下棋，谁输了谁请吃饭。宅。在书房和客厅间踱步，消磨掉心爱的时光，并感到痛心。有时与自己说话，但不讨论时事。站在书架前，检阅那些从各处搜罗来的书籍。当然，除了朋友的书，全部是翻译作品。客厅的阅读角。斯佳蒙靠背椅，或纳博科夫椅。黑色的落地灯。墙壁的支架上，摆着飞镖盘和给自己买的绘本——让人心醉的安野光雅。泡一杯茶，茶叶是朋友送的。沙发上躺着三只玩具狗。看电影。购物。啊，一个人逛床品店。

睡觉，但不做梦。

游　园

东园：门口有一道高高的木头门槛。跨进去之后，迎面是一株巨大的紫荆树。很难见到这样大的紫荆树。肯定是从某个遥远的地方移植而来。这个城市的大街上，曾经出现过很多这样的大树。它们出现在这个城市，仿佛是筵席上的不速之客。不知道它们从何处而来。也不知道它们何时消失。有一天深夜，我在回家的路上见到一堆人和一辆吊车、一辆货车。几棵大树倒在地上，仿佛史前的庞大植物，被悄悄运走——它们是一棵棵死树。它们来到这个城市，也许还不满一年的时间。但它们毫无例外地死去。它们本来不属于这里。只是像一堆无人认领的钞票被花完。而东园的这株巨大的紫荆活了下来。它耸立在东园，向人们昭示着自身的不凡。从它的身边绕过，后面是一排木屋，四间连通，高大宽敞。贴在玻璃上，可以看到里面摆放的桌椅：八仙桌和官帽椅。在古代，风雅的读书人或园林的主人会在这里会客，大家品茗谈笑，透过窗子或敞开的木门观赏房前池塘里的睡莲。此时，睡莲花开得正盛。几只蜻蜓或停或飞，在水面上制造了一圈圈细密的涟漪。而它停落在睡莲花上的曼妙身姿，正被一位涂着十个鲜红指甲的女孩拍进她的手机里。

拾级而上，沿着池塘边的长廊往前走，是一面竖立在墙上的镜子。路过的人都会停下来，看一看镜子里的自己。如果觉得陌生，就用手理一下头发，或整理一下衣服。要不，就抬起手擦掉脸上刚刚溅上的水珠。往左转，是一个顶部透明的空间，地上画着一副棋盘，几枚像磨盘一样大的石头棋子被摆在棋盘上。由于不懂围棋，看不出是什么布局。穿过这间屋子，就走上池塘中的九曲桥，站在了池塘正中。池塘并不大，由于被睡莲和蒲草分割，更由于水面上倒映的柳树和房屋的影子，并不显得单调局促。曲桥的尽头是一座假山，可以小心地攀缘而上，也可以从一个洞中穿过，直接来到池塘边的亭子上。走得近了，看清了亭子上刻着的“沧浪亭”三字。没错，它就是苏州沧浪亭的复制品。这是整个东园风景的点睛之作。但它只是一个复制品。你觉得这充满讽刺。

芥子园：无数次来到这里。带着来到这个城市的朋友。更多的时候是独自一人。芥子园其实是滨河公园的一部分，是公园中一片居于西首的建筑群体。然而我从不记得这个公园的名字，一直用芥子园来称呼它。这有什么关系吗？没有。这于公园的美丽有损吗？也没有。而我无数次流连其间，也无数次想将其诉诸笔端的，其实并不是芥子园，而是它门外的公园部分。但我总是喜欢从芥子园门前开始我的小小旅程。因为从门前向东北方向望去，有着极其好看的风景线。如果在秋天，从一大片绿色草坪往上是一层层各种颜色的植物，绿色，黄色，紫红色，随着植物由低到高的层次和布局，一直延伸到树梢之上碧蓝的天空。我觉得这是整个公园最具匠心的部分。此时，在我们面前有两条路可供选择。一条是直行，通向情人谷。情人谷是在两片高地中间的低洼地带，种植了草皮，傍晚或周末，有人在此扎起帐篷，与自己或别人的情人幽会。南边的高地上，种植了成片的果树，有杏树和李子树，间或有几株桃树。谷地的北边，则是模拟的山岭。我喜欢坐在山岭的青石上，从背包里拿出一本诗集，或一本摄影画册翻看。背靠一株叫不出名字的绿树，书页上洒落下斑斑点点的阳光。清风在树间流弋，鸟鸣声声，让人恍然觉得置身于幽远的山谷。

如果听到一阵孩子们的喧闹，站起身，就可以看到山岭北侧的篮球场。一群放学的孩子在打篮球。他们穿着没来得及换下的校服，书包整齐地挂在一排栅栏上。篮球场再往北，就是一带清澈的湖水。将目光循湖水而行，就会看到西面的湖心岛。如果从园门前直接向北再向西行，就是一条直接通向湖心岛的石板小路。我只去过那岛上一次，那是公园刚刚建成不久。后来通往岛上的小桥被封闭起来了，湖心岛上养了一群孔雀。隔桥相望，有时候会见到孔雀在罩着丝网的小岛上逡巡。如果运气好，也会有一两只逃逸而出的孔雀在山岭上散步，与你擦肩而过。它们大摇大摆，并不将人放在眼里。我不知道孔雀是不是能够飞上天空。我所见过的孔雀大都被关在笼子里，从没有见过它们像喜鹊那样从一棵树，飞向另一棵树。

珍果园：在城南，最值得去的地方也许就是此地。占地几百亩，以各种枣树居多。去过不多的几次，都是在深秋时节。枣子已被收获。我找到一根长长的杆子，在枣林里转来转去，找到遗落在树上的大枣，小心翼翼地打下来。不用清洗，直接放进嘴里，又脆又甜。仿佛又回到了少年时代。园子里也有一些观赏植物，火红阔大的叶子在秋风中摇曳，远远看起来就像一株株高举的火炬。收获后的园子，有一种历尽沧桑之感，就像青春不再的人有了对岁月的感喟。成熟之后就是凋零。人事有代谢，往来成古今。世间万物，莫不如此。

在珍果园，作为一个孤独的散步者，我不可避免地想到了救赎。我想到，单一的生活该如何抵抗一波又一波风雨的侵袭。我们出生成长，我们两手空空，我们就像早已荒芜的废园，失去了曾经拥有的芳华。啊，我更喜欢在傍晚到来，望着园子外面渐次亮起的灯火——那是别人的家庭。此时，只有珍果园成为我灵魂的庇护所——如果还有灵魂的话。

没有故乡的人

1

作为一个写作者，我经常会有一种失根的感觉。这种感觉加深了我的虚无感。说到底，我不知道我的故乡是哪里，或者，我是一个有故乡的人吗？

我出生在一个贫瘠的年代，一个荒凉的村庄。那是渤海边的一个小村，小时候，我虽然一直没能去到不远处的海上，但村边的大河每天都在涨潮时带来大海的腥气。有时还会有几只莽撞的海鸥从大海上飞来，它们在河面上盘旋，以确认回去的路。

2

父亲年轻的时候，曾在这个村里教书，那时候，他刚刚师范毕业。我不知道年轻的他是否怀有一腔热血，想要干出一点名堂来，毕竟，那个年代，能考上学、得到一份教职的人在农村少之又少。而父亲，又是在他继母的苛待之下，偷偷考学，偷偷离家的。甚至，他的上学过程也充满了传奇色彩：家里穷，继母又让他帮家里干活而剥夺了他上学的权利，但他硬是在干活的间隙，偷偷跑到学校读书，而且还考上了师范。

关于父亲的少年时代，我知道的就是这么多。父亲已经过世了，因此我不可能知道得更多。

3

我出生的那个村庄名叫何鄻村。那么一个荒凉的地方，有人居住还不足百年的光景，不知道怎么会用“鄻”这个古字作村名。由于它难写，也几乎没人认识，所以人们大都写作何圈（quān）村，更多的时候，干脆画个○。就写作何○村。

有时我想，我出生在这里，这里就可以叫作故乡吗？

4

我在村里度过了我的童年和少年时代。那里有我儿时的玩伴，小学到初中的同学。当然，自从我上高中离开那里之后，我和他们已经难得见面。这么多年来，他们承继了父辈的生活，很少有什么变化。

我常常想起他们，也常常有一种找他们喝酒和倾诉的冲动。但是，这么多年来天各一方，我们还能有多少共同话题？

5

在我的少年时代，那是一个美丽的村庄。远远望去，根本看不到房屋，而只是一片绿树葱茏。村西的大河向北通往大海，每天随潮涨潮落，淡海水交替而来，因此河里的鱼虾蟹蚌至为丰富。

是的，路旁和庭院中，全是各种各样的树木。我家的院子里，就有槐树、榆树、柳树、桃树、杏树、桑葚树等。一到春天，各种各样的鸟鸣就组成大自然的合唱。

6

如今，这些都只能在记忆中才能出现了。树木已经砍伐殆尽，河流早已污染，远远就能闻到一股呛人的臭味——而且，被淤积得已经只剩下了窄窄的一条河沟，完全没有了当年的样子。河上的石桥破败不堪，走在上面，觉得它随时可能垮塌下去。

每次去到那里，我都会想，这是怎么了，为什么会变成这样，这个世界难道不是应该越变越好的吗？

7

有那么一两年时间，父亲在心情好的时候，还谈到自己的后事，表达了想将何〇村作为埋骨之地的想法。我能感觉出他对那个居住了二十年的小村的感情。可是，我们全家的户口已从那里迁出这么多年，他还能以什么身份去占有那里的一小块土地呢？

父亲的老家距这里足足有一百多里路。在从前没有公共汽车的年代，这个距离就足以称得上遥远了。父亲三岁的时候失去了母亲，二十岁的时候失去了父亲，他对老家的感情，显然没有对何〇村来得深厚。

8

对我而言，何〇村似乎可以称得上我的故乡了。毕竟，我在那里出生、成长，一直到十八岁之后才离开。

我出生的时候，我们一家借住在村支书的母亲家里。那时候，父亲还没有在村里盖起自己的房子。

9

我记得我曾在河西的大坝上发现了一个洞穴，我小心翼翼地爬进去，发现里面除了有一个奇怪的塑像，并没有什么宝物和让人称奇之处。多少次，我都想去找到那个洞穴，看看是否还保留着小时候的样子。

这么多年了，洞穴的每一部分在我脑海中都清清楚楚。

10

但我一直不敢前去。我担心那不过是梦中出现过的地方，只是因为它深深地印在脑海里，而成了记忆的一部分。

仿佛如果它真的不存在，我就再也没有把那里当作故乡的理由。

垃圾桶上的猫

两个垃圾桶立在北门口不远。它们的对面有两个小卖部，分别是两对夫妇开办的。一对中年夫妇，一对老年夫妇。由于离得近，又是同行，他们的关系十分不睦。于是，聚在小卖部前消遣的人群自然地分成了两部分。两部分互不答话，互不往来，就像两个各怀鬼胎的邻国。两个垃圾桶分别发出难闻的气味，但不影响两个小卖部前的人群。打牌，或者下棋。讨论，或者骂街。

冬天的夜晚，从外面回来，不可避免地要路过两个垃圾桶。小卖部门前的人群早已散去。昏黄的路灯也已经在十点半钟的时候熄灭。门卫室的老年保安此时已经偷偷溜回租住的地下室睡觉。小区里一片死亡般的安静。突然，从垃圾桶里跳出十几只野猫，以极快的速度四散开去，跑入楼前楼后的灌木丛中。这突如其来的事件让人心惊肉跳。来人惊扰了野猫觅食，而觅食的野猫则差点儿引发来人的心脏病。几声狠狠的咒骂之后，小区一角又恢复了宁静。埋伏在灌木丛中的野猫仿佛失散的大军重又聚集。它们是夜晚的主人。领头的野猫具有雄狮般的体型，似乎是从某个富足的家庭逃逸而出。眼睛在夜晚格外明亮，像两颗停止在眼眶中的流星。显而易见，它具有贵族血统，神态镇定，顾盼间有一种睥睨天下的王者之态。它第一个跳上左边的垃圾桶，然后，其他的猫一只接一只跳上来，左边的和右边的，两个垃圾桶再次成了它们的领地。它们占领了垃圾桶，就拥有了生存下去的保障。这是造物主给予的恩赐。仿佛它们的野蛮得到了谅解。它们那令人恐惧的闪光的眼睛维护着这个族群的安全。当你注视一只猫的眼睛，你最终收获的肯定是恐惧。它们是属于夜晚的。它们与人类分治着白天和黑夜。它们是一种不可驯养的动物，在夜晚与人类分庭抗礼。但人类对此反应迟钝。也许是因为人类自身的傲慢，以及由此带来的愚蠢。

到了夏天，情形似乎发生了变化。不知是什么原因，小区里的野猫骤然减少。它们的神态也不再那么自信，就像犯了罪的流民，或即将被查处的官僚。它们脚步犹疑，蹲在昏黄的路灯下，或一块石头的阴影里。它们似乎遇到了强有力的敌人，七零八落，溃不成军。领头的雄狮不见了。它们大都眼神空洞，仿佛陷入了虚无。疲劳和无助像瘟疫笼罩了它们。或坐或卧，像久病的人不准备站起。如果有顽皮的小孩拿土块投掷过去，它们也只是闭闭眼，扭过头去，好像生死已与自己无关。精神上的萎靡使它们处在前所未有的困境里面，被拖曳着，在一个失重的空间里沉沦。不再挣扎，不再抵抗。任由死亡像一片最后的清凉，或暗夜中的行旅，来到它们的身边。

一天，我在浓密的灌木丛里看到一只捕兽用的夹子，一只猫被夹住了腿。但它只是漫不经心地看了我一眼，一声未吭。

话务员小姐

如今，话务员这个职业早已消失了。一种职业的消失就像一个王国的消亡一样让人感到一种无法言说的惆怅。而这王国，它只能存在于人们的传说中，因为遥远和虚幻而变得童话般可亲。我们总是试图在时光的废墟中打捞那些过去时代的影像和记忆，仿佛不如此，就不能拥有曾经存活过的证明。不可否认，在寂静的笼罩中咀嚼逝去的生活，也是一种提前到来的对于命运的尊重……现在，还有人会对那些竖立在邮局门前的绿色老邮筒念念不忘吗，还有人时不时会有一种拿起笔来给远方的友人写一封书信的冲动吗？手握一支钢笔，一笔一画地写下“你好吗”，一笔一画地写下自己生活中的苦恼与烦闷——不一定是为了得到友人的解答，只是为了倾诉肺腑。那时候，电话还不是一种日常应用之物。有急事需要通知远方的家人和亲属，写信是来不及的，只能拍电报。“今天，妈妈死了。也许是昨天，我不知道。我收到养老院的一封电报，说：‘母死。明日葬。专此通知。’”这是加缪的小说《局外人》的开头。这部小说大约写于1940年，可直到90年代初，电报还是我们这里最快捷的信息传递方式。我刚刚工作的时候，还没有私人电话，每个单位里只有办公室有一台办公电话。最古老的手摇式。一手摁住话机，一手摇动手柄。听到电话机发出“铃”的一声，就赶紧把话筒放到耳边：“小谭，帮我接一下某某乡政府。”或者：“麻烦你，帮我接一下某某局。”那时候，不同的电话机之间是不能直接接通的，需要邮电局的话务员人工转接。每个话务员面前都有一块板，上面是密密麻麻的蜂窝状接口，有用户打进电话，需要话务员先行接通，询问要打给哪里，再由话务员手动插线进行连接。由于经常给各个单位下达会议通知，就与话务员熟络了，一听声音就知道是谁。当然，话务员的名字，是在晚上没事时把电话打到邮局与对方闲聊得知的。都是刚毕业的单身青年，晚上闲来没事，我们就拿起电话跟话务员闲聊——话务员都是女孩。小张，你的声音可真好听。我姓谭，你要问我的名字不用故意这么做的。小谭，你的声音可真好听。长夜漫漫。话务员轮值夜班，也感到无聊。当然，话务员与人聊天是违反规定的。其实也没什么好聊的，又不是真的认识，在生活中也没有共同的朋友。但是年轻啊，觉得听到陌生异性的声音也是一种快乐。在和话务员闲聊中，得知了好多通过其他正常渠道不知道的事情。她们处在小城的信息传输中心，正是通过她们的手，把一根根电话线连在一起。有一个晚上，小谭对我说，给你听一个电话，但你千万不要出声。她把一个电话同时转接给我。我听到一个女人和一个男人通话的声音，在电话里，她告诉他自己生活的种种难以调和之处，又告诉他自己怀孕了。这可怎么办呢，她说，她丈夫那段时间一直在克拉玛伊油田工作，半年没回家。接下来，女人开始哭泣。小谭再次把电话接过来，告诉我男女双方的单位，但没有告诉我他们的名字。他们是晚上在各自单位的办公室打的电话，小谭说，一听声音我就知道是谁。但我并不喜欢这样的电话，我对小谭说，我更喜欢和你聊天。这天晚上，小谭很开心。不久之后，程控交换机开始大规模使用起来，每部电话都有了一个固定的号码，可以直接拨号了。

大约四年后的一天，我一个人在银河公园散步。我手里拿着一本书，云南某个出版社出版的《英雄梦》，作者是比奥伊·卡萨雷斯，我当年最喜爱的作家之一。当我坐在湖心岛的凉亭下看书的时候，忽然听到旁边一个女人跟孩子说话的声音。女人长得小巧玲珑，容颜秀丽。她带着一个三岁左右的小男孩，后者正拿着一把小铲子起劲地刨土。我把书放在栏杆上，走到女人身边，一把把她拉过来。女人没注意，几乎扑倒在我的怀里，她惊慌地推拒着，瞪着我的眼睛——她从来没有见过我。

小谭，你的声音还是那么好听。我对她说。

俗人与暴雨

我的朋友、诗人G读大学的时候，同宿舍的一位同学追女孩，写了情书放在枕头底下。趁那位同学不在，他们拿出来偷看，其中有这么一句：跟周围这帮俗人在一起，我真痛苦……

相信大家再看到这家伙时，都有一股揍他的冲动。

H是我中学时代的好友，后来我们都去济南读书，两个学校相距不远。他经常骑一辆崭新的自行车来找我。那辆自行车的主人是他们学校一个漂亮的女生，校学生会的文艺部长。我去H的学校时似乎见过一次。那时H正暗暗地喜欢着她。放暑假时，几个朋友去他家聚会，他拿出一沓信封，让我帮他写地址，因为我的字比他写得好看。我悄悄和另一个朋友商量好，让他把H叫出房间，我则拉开抽屉，找出已经写好的信偷看。

“近日来连降暴雨，庄稼糟蹋得不成样子……”这是那封信的第一句。二十多年过去了，每到雨季，我总是会记起H的这句话。它所包含的诗意与悲悯，每每让我暗自赞叹。

鸣翠湖落日

很多年以前，这里是一条杂草丛生的沟渠。西边是邻近的村庄，东边是混乱的小城。它在无意中扮演了一个分界线的角色。那时我刚刚毕业来到河口，经常在傍晚到这里散步。看着眼前并不干净的水面，一片片叫不上名字的水草，水草中传出好听的鸟鸣。当红彤彤的夕阳仿佛扎在草尖上，我回身找到自己那辆破旧的自行车，返回办公室看书。

*

有一次，我在岸边的草地上捡到一本书，书的扉页上写着一个陌生的名字。我不认识那个人，却记住了他的名字。十几年后，我遇到了那本书的主人。当我向他谈起那本书，他陷入了迷茫。他是不记得自己曾经有过那样一本书，还是不记得自己曾经去过那条荒凉的沟渠边?

*

后来，人们将这里挖成了一个人工湖。湖面盛大，水波浩渺。更多的水鸟在湖面上盘旋。湖心岛上种了不少树，两排垂柳环岛临水。据说当有人向主政者请示湖的命名时，他随口说道:“两个白鹭鸣翠柳，就取名鸣翠湖吧。”古诗虽然背错了，但名字取得倒是恰切而动听。

*

七月的傍晚，我与友人在湖边散步。暑日的燠热使我们很快汗透衣衫。但我们仍然疾步快走，一半原因是为了逃离头顶上一大团一大团蚊蚋的包围。不时有人在身边走过，也都是步履匆匆。在这样的天气里散步，已经没有多少悠闲和雅意。散步，仅仅是作为一个习惯被保留下来。

*

在我重返河口之前，我以为我对这座小小的城镇早已了如指掌。当我真的回来，才感受到它的冰冷与陌生。崭新的建筑带来崭新的俗气。旧日相识，面目也都已改变。握手相看，都是对白发和皱纹，以及时光流逝的感叹。大家说着要多聚啊多聚啊，转身又陷入琐碎难挨的日常生活。布勒东在寄给他的朋友朱利安·格拉克的明信片上写道：在南特，我们同时相聚又别离。是啊，那些共同的记忆，和相互牵挂的朋友，不正是我们最为惦念的事物吗？

*

从我家楼下西行，绕过一条人工水系，再穿过一个广场和几栋住宅楼，就来到鸣翠湖边。远远看去，湖心岛上新建了一座佛塔。这种变异了的与宗教相关的建筑在各处景点往往可见，它们尴尬地竖立在那里，与周围的景色格格不入。但并没有人觉得丑陋。因为在我们看到的几乎所有的湖上都有这样一个怪胎。有那么一些日子，我的那位朋友经常带着一瓶红酒，坐在湖心岛独酌，听着水声拍岸，偶尔一两只水鸟在头顶上飞过。偶有感慨，他就在手机上写下一段文字，发给我看。

*

我也曾在夜晚独自来到湖上。夜色中，鸣翠湖比白天好看得多。至少由于视线的限制而变得幽深和婉转。湖上散步的人已经回家了，这一大片风景仿佛只有我一人独享。我流连在湖心岛上，呼吸着各种花木散发出来的清香。湖边的灯光在湖水中浮游着，不久，就次第熄灭。此时，我多么盼望一阵细雨淅沥而下，簌簌落在身旁的草地上、花径中，送给我一个湿漉漉的夜晚。然而北方的夏日总是这样干燥，使人仿佛置身于某个遥远的沙漠王国。现在，那片草地已经被刈除了，不知从何处运来的灌木堆在小路旁边，等待着被栽种下去。也许到了明年，长势旺盛的灌木也会被全部拔除，再种上草皮。这一切，只需要湖区的管理者向上级递交一份潦草的报告。没有人会细心考察一个小小的湖心岛，也没人在意它变成什么样子。人们顶多在散步时嘟囔一句：好好的草皮就这样糟蹋了。

*

是的，我离开了这里，如今又回来了。对河口的记忆使我在内心保存了一丝温情。但这记忆不知什么时候会被新的现实消灭。现实总是要通过毁灭记忆和梦想来显示自己强大的威力。就像在同样的阴雨中，美好的过往只是诗性的、虚幻的，它的存在要依靠我们对于善良的期许。而疾风暴雨的破坏性则是永恒的。正如今晚，正如这台风过境的海滨平原。

*

我多么珍视内心那残存的对于世界的善意。尽管我知道这丝毫也改变不了什么。不论死亡还是欺骗，总是在最明亮的阳光下展示出它们那固有的黑暗。并以此证明，它们才是这个世界的统治者。然而，即便花朵被风雨摧折，总还会有果实掩藏在繁茂的叶子之下。正是它，让我们记住在人生的秋季，在落叶飘零里，那最微茫的希望。否则，我们又如何为儿童那天使般的笑容找到一个合适的理由？

*

鸣翠湖的下午，一切都沉入短暂的静寂。对于此地，我始终是一个陌生的造访者。除了湖心岛那几条幽僻的小路，我很少涉足他处。湖边的广场上，经常有各种乡村剧团的演出。孩子们放飞手里的气球，然后再哭闹着将它们追回。疲惫的老年人推着婴儿车里的孙辈，口中的儿歌已难成曲调。此时，太阳越来越快地向湖的西边坠落。而颜色的变化尤其令人心惊。根本看不清它是如何变成玫瑰红的。这种颜色让太阳的轮廓变得更大了，几乎快要使湖水沸腾起来。我不由记起了福楼拜的那位朋友，他在临终前最后望了一眼那无法替代的世界，大声说道：“关上窗子，这太美了。”

*

于是，面对落日，我闭上了眼睛。

一路平安

月亮和老路结伴去了南方。她们将要去广州、深圳、大理、香格里拉，和高原上的某一所藏族学校。月亮告诉我，她们的行期是两个月，也就是说，她们将在高原上和一个名叫李兵的人以及一群藏族孩子共度春节。我曾从月亮手里买过李兵写的一本小册子，名叫《人如辽阔高原的一只虫》。如今，她主理高原上的一所慈善小学。

我是在豆瓣网与月亮认识的。她告诉我一家咖啡馆的名字，约我去那里换书。那是我第一次听说那家咖啡馆。后来，我经常一个人到那里去，坐在窗前温暖的阳光之下，读书或者写字。咖啡馆只有四十几平方米的样子，装修简单，素朴清雅。我甚至还为它写了一首诗。

月亮当然是网名。湖北人，大学毕业后在南京的一所学校当老师，后来为了爱情来到这座荒凉的海滨小城。先是做她的老本行，后又辞了职跑到北京去学瑜伽。我们认识后，每当我对本地的荒蛮略加抱怨，她都对我说：“你看，我一个湖北人，又从南京来到这里，还想在这里扎下根来，你作为一个东营人，为什么就不能热爱它呢？或者，能不能让它因为你的存在变得可爱一些？”

于是，就有了我和朋友们组织的几次诗歌朗诵会——在西城的某个酒吧，或清风湖中的画舫之上。

与老路就相识于一次朗诵会上。她是月亮的朋友，大学学的是心理学，却通过自学考取了珠宝鉴定师，然后在西城一家酒店租屋开了一间珠宝工作室。我去过两次。第一次去的时候正好一位流浪歌手来东营，老路请他和几位朋友过来吃饭，然后大家就在她的工作室弹琴唱歌。老路就像一个男孩子，短发，胖乎乎的，朝气蓬勃而又大大咧咧，喜欢两手同时插在裤兜里，大声地说笑。有一个礼拜天，她们俩跟随我去遥远的乡间淘宝，初冬的阳光之下，她们俩在村路上兴高采烈地奔走，就像一只胖蝴蝶牵着一只瘦蝴蝶。

后来天晚了，我们去邻近的滨城吃饭，又去攀登某处景点的水泥航母。是日晚，月明星稀，惠风和畅，抚栏而立，眼前的湖水仿佛看不到边际。月亮禁不住在月光下练起瑜伽，而老路则打了一路太极。我走出十几步，背过身去小解。然后对月亮和老路说，有时候，男人就是比女人方便。谁料想，她们俩几乎异口同声地朝我大喊——

“你——以——为我们不敢吗?!”

2010 年 12 月 30 日

像一列火车那样

第一次坐火车，是在高二那年，去苏州参加一个文学笔会。从没出过远门的我，心中自是有些忐忑。跟母亲要了一百块钱，从家乡坐了三个小时的公共汽车到淄博，然后从淄博乘坐去往苏州的火车。我们学校还没发学生证，我掏出某个报纸的学生记者证递给售票员，竟然买到半价票，高兴得不得了。火车上人满为患，有时甚至只能一只脚站着。最后实在撑不住了，钻到了座位底下。没想到座位底下也已经有了人，他们往两边挪了挪，腾出一小块地方让我躺下。年龄小，睡得快，加上实在是太累了，这一觉就睡到了南京。直到有人喊“南京长江大桥，南京长江大桥”，才被吵醒过来。我也钻出来看长江大桥，可天还没完全亮，外面模糊一片，什么也看不清，只能感觉到铁桥在火车的轰鸣声中轻轻震颤。到了南京站，大部分乘客都下车了，车厢里一下子空落落的，让人觉得先前的拥挤有些不太真实。我找了个靠窗的位子坐下。天也渐渐亮了起来，车窗外不断闪过一条又一条水汊，一片又一片稻田，还有小河中慢慢游荡的乌篷船……江南风物与我们家乡如此不同。

一周后从苏州返回的时候，我已经有了一个同伴，是在笔会上认识的一个山东老乡。临沂人，长得高大魁梧，依稀记得是姓解吧，名字已经忘了。他掩护着我，一起挤上车，还抢到一个座位。我们两人轮流坐，一路上谈一些笔会上的趣事，还揣测我们这些人里面，有谁能够成为真正的作家和诗人。到了山东境内的某一个站，同伴下了车，要转车去临沂，又剩下我一个人。列车开动之后，我想去洗手间，又担心座位被人占去，想把包放在座位上占地方，又怕被偷。包里虽然没有值钱的东西，但在苏州买的那一大摞书可是我的宝贝啊。犹豫了好一会儿，洗手间还是要去的。一如先前的猜想，等我回来的时候，我的座位上坐了一个大块头。我返回身挤到两节车厢的连接处，坐在厢板上，拿出新买的书，一本本翻看摩挲:《探索小说集》上下两册，福克纳的《喧哗与骚动》，刘再复的《性格组合论》，克莱夫·贝尔的《艺术》，吴亮的《艺术家与友人的对话》……直到在车厢的摇晃中睡去。车到济南时，一觉醒来，发现后背处的衬衣已经在车厢的晃动中磨破了。我把挎包转到背后，挡住磨破的地方，就这样一直回到家。

几年之后，家乡终于有了一个小得不能再小的火车站：只有一列慢车开往浦口。每天下午四点多钟开出，第二天早上六点钟到达。我坐过几次，去南京，去济南。实在是太慢了，每到一站总要喘着粗气停一下，仿佛一个得过脑血栓的病人。后来，火车的终点站从浦口延伸到了杭州。当我告诉一位杭州的朋友时，他在电话里一遍遍地要我到杭州去。“想想吧，你在傍晚坐上火车，一觉醒来，第二天上午就能见到我了。”经不住他的诱惑，我去杭州过了一个中秋节。

现在，只要不是路程太远、时间太紧，无论到哪里去，我都宁愿坐火车。我喜欢火车穿行在大地上的感觉，不管是在晴朗蔚蓝的天空下，还是在星垂月涌的夜幕中。无数次，我想象着坐火车从西伯利亚去往欧洲，一路上经过曼德尔施塔姆、索尔仁尼琴、布罗茨基们被流放的土地，契诃夫和屠格涅夫笔下无边的草原、白桦林，以及落日和荒漠，还有碧蓝幽深的湖泊……每次坐火车，都会想起于小韦的那首诗：

旷地里的那列火车

不断向前

它走着

像一列火车那样

是的，这世上没有什么东西可以用来形容火车。能形容它的，只有它自己。

想想吧，一列又一列的火车在大地上穿行，它把一些人从这里运到那里，又把另一些人从远方带来。当你一走出火车，展现在眼前的，肯定是另外的风景；等待着你的，也许就是另外的、截然不同的生活。我想，也许会有那么一天，我们踏上火车时还是青丝墨染，等到下车时，却已经须发皆白——你知道，有多少命运在火车上改变，又有多少人生的悲喜剧，在一节又一节的车厢内上演……

2010 年 6 月 17 日

冬天的大巴

那一年，我和舒忠到北京去。我是第一次去，他呢，我已经忘了。我们是这样设计行程的：我先要起个大早，从家乡小镇坐车赶到40里以外的舒忠的家，然后由他的一位亲戚把我们送到附近的华北油田的勘探公司，搭乘到河北任丘的大巴，在沧州下车，然后再从沧州坐火车去北京。是啊，的确是够麻烦的。可我们还是要这样做，因为这样就可以省下从他家到沧州的路费了。那一年，我刚刚参加工作，还没有转为正式人员，工资很低；而舒忠还是一个农民，就在家里种着几亩薄地。况且，他的妻子正怀着孕呢。

是与现在差不多的时候吧，天已经有些冷了。我们按照既定的线路行进在光秃秃的华北平原上。我坐在一个靠窗的位置，看着田里一层薄薄的雪和雪地上翻飞的麻雀，感到一阵铺天盖地的忧伤。那一年，我21岁，已经写了八年诗歌。我不知道以后的生活会怎样继续下去，也不知道自己这样写下去，会有一个怎样的未来。从大学踏入社会，许多事情让我始料不及，仿佛汪洋中的一条船，漂漂荡荡，无可凭依。那一年，我与所有的同学都失去了联系，在一个遥远荒僻的乡村修筑公路。我以为，我的一生就要这样度过了。

我们要到北京去。我和热爱文学的青年农民舒忠，一起去参加一个诗会。可是，我不得不说，那个活动真的让我失望透顶。没有人认真地谈诗，没有人热诚地交流，整个气氛让人觉得有一种荒谬之感。有的人开会时带着保镖；有的人为了争夺一位漂亮的女诗人而动武，结果其中一个被打得缠着绑带、架着双拐来到会场。

诗会的第二天，我实在忍受不下去了，就拉着舒忠和刚刚认识的另外两个朋友去了王府井。我们四个人站在正午的王府井大街上大声说笑。那肆无忌惮的笑声，似乎现在还响在耳畔。在王府井书店的一排排书架前，我掏出身上所有的钱，留出路费后，剩下的全买成了书:《追忆似水年华》《米修诗选》《不朽》……重得自己快背不动了，只好让舒忠帮我拿着。

如今，十几年的时光已经逝去，从前的记忆大多已如深秋的落叶，不知被风吹向何方。而那辆行进在华北平原上的大巴，却始终在我的脑海里摇晃着，甚至在我的睡梦中颠簸着，提醒我曾经拥有的那一段贫穷而清白、年轻又苦闷的岁月。哦，就是在那辆大巴上，看着坐在前面的一位姑娘那迷人的后颈，我第一次想到了“性”这个字眼。我记得我扭过头去看着车窗上映照的自己——满脸通红，浑身冒汗。

2009 年 12 月 11 日

哀新年

2010 年 12 月 30 日这一天，我正在打点行装，做好出发去京购物的准备。31 日，给车子换了两条新轮胎，又安装了一台导航仪，独自驱车往京城而去。此时的我还不知道，就在昨晚，诗人马雁在上海的一家宾馆里殒命。

诗人的辞世总是会招来更多的唏嘘。也许在人们的潜意识里，一位诗人死了，这个世界就有一小块美好也跟着完结。现实世界让他们远离诗歌，但心中的诗性总在某一个虚弱的时刻不请自来。马雁的死因众说不一，讣告上说的是因病而逝，而网上还有她坠楼而亡的消息。我不知道当一个诗人，尤其是一个才气纵横、年华葳蕤的女诗人，面对死亡会是一种什么样的态度，但我想那总有一种难与外人言说的绝望与无奈。

“生活就是发现谬误、不断改正的过程。这过程没有终点。”在马雁的笔下，那个三十四岁就走到生命尽头的薇依，那个“让忧郁驻扎在身，学会热爱不幸”，而最终“完成了朝向上帝的旅程”的薇依，变得如此柔美又如此坚强，散发着令人震颤的女性之光。我相信马雁在对薇依的解读中一定通晓了生命的某种意义，所以才对她的“在期待之中”理解得如此彻底：在期待之中，对真理、对生活或对上帝，至死方休。没有想到的是，这一篇文章竟成了马雁亲自递向薇依手中的玫瑰。如今，这两个女人终于有机会坐在一起，探讨生命那永恒的悲剧了。

我与马雁未曾谋面，只在网上有过很少的交流。她离世而去，回到她的真主身边，此岸再无她那率性的眼神与笑容。我一遍遍搜寻她的信息：她的早慧、她的经历、她的诗歌和文章，以及她的生活点滴……她还有一堆新奇的想法没有付诸实践，她还立下一个大胆的志向想让她的朋友们大吃一惊。但冰冷的现实还是让这个百年一遇的冷冬一再地加深……马雁走了，她那短暂而妖娆的一生让我们再次沉浸于对存在的无限省思中。

在京城的某个宾馆里，我为马雁写下一首诗。

哀新年

——给马雁

这个世界没什么好留恋的
如果我们已经活过。我们缺少的
唯一的，死。那没被体验的
冰冷的夜晚。想想那么多人
挤在一起，暗淡，陌生
他们的体味多么叫人绝望
在另一片天地里，死亡
不再被称作大片。一个来了
不必露出牙齿微笑；另一个走了
也无须挥手表示告别。哦，你好
身体里的忧郁症。你好
被情欲折磨到天亮的夜晚
不是爱情不可遏止
也不是从你到我，那漫长而心碎的旅程

2011 年 1 月 5 日

益母草

我小的时候经常生病，这大概缘于贫困的乡村生活。我曾在一篇文章中写道：早年的乡村生活让我见证了穷人的美德——现在想来，“穷人的美德”这样的词句真是充满了令人生厌的酸腐之气。我们那个村子位于徒骇河边，刚刚记事的时候，村里似乎还没有赤脚医生，只有一位姓丁的中年人在几公里外的农场当医生。村里人看病，要么去邻村，要么等那位丁大夫周末回家。即便是这样，买药依然是一份不小的开支。我小的时候经常生病，这让母亲十分愁苦。后来，听说住在村北的四奶奶会看病，于是母亲背着我来到四奶奶家。

四奶奶住在她们家的一间偏房里，正房住的是她的儿子和儿媳。四奶奶盘腿坐在炕上，黑乎乎的屋子里只有她的眼睛发出吓人的光亮。四奶奶伸过一只瘦骨嶙峋的大手给我把脉。然后告诉母亲一些草药的名字，让她带我去野地里采，茵陈、牛蒡、大青叶，还有益母草……从此以后，四奶奶成了我们家最信赖的医生。

十二岁那年，我去父亲就职的外地上中学。回家少了，看病也是去乡里的卫生院，而不再专门跑到四奶奶那里。但还是经常听母亲说起四奶奶。四奶奶的儿子不孝顺，不给她饭吃啦；四奶奶的脚不知长了什么毛病，不能走路啦，等等。有一次，母亲很神秘地告诉我，四奶奶的脚治好了。你知道是谁给她治好的吗？不等我回答，母亲就自顾自地说，是村南的小哑巴。我不禁大为惊异，一个从小就不会说话、没上过学的哑巴怎么会给人看病呢？

有一天，母亲去看望四奶奶。四奶奶说，她的脚病要是再不治，可能就再也下不了炕了。本来年纪这么大，也活不了几年了，治不治也没啥，但想想儿媳妇正怀着孕，要是不能走路，怎么帮儿媳带孙子呢。四奶奶请我母亲去把村南小哑巴叫来，我这病只有他才能治，四奶奶说。母亲当时就和我现在一样惊疑，但还是遵从四奶奶的嘱托把小哑巴叫来了。小哑巴看了四奶奶的脚，先是咿咿呀呀地比画了一阵子，然后就出去采了一些草药回来。我母亲熬了药汤喂四奶奶喝下去。小哑巴再次比比画画，用四奶奶喝药的那只碗盛了半碗小米，又插了一支香，点上。那支香烧了一会儿就歪了，小哑巴就把它扶正；过一会儿又歪了，又把它扶正；香歪了三次，小哑巴将它扶正三次。等香烧完了，四奶奶忽然就从炕上爬了下来。

这大概是我听到过的最神奇的事情了。而小哑巴后来的结局，也同样充满了魔幻之感：大约一年后，年仅二十三岁的小哑巴就去世了。在世的时候，他没和任何人有过主动而有效的交流，他的家人也将他看作拖累；他去世的时候，村里也没有任何人感到有什么异样。只有四奶奶哭得两眼红肿。她悄悄地告诉我母亲，如果她不泄露小哑巴的秘密，不叫小哑巴来给她治病，小哑巴是不会死的。都怪我，是我太自私，把孩子给害了……懊恼不已的四奶奶于六个月后撒手人寰。而四奶奶的离世，也把她那神秘的知识永远地带走了。

很多年后，我成了政府部门的一名科员，按照组织的安排，去黄河故道旁一个凋敝的村庄蹲点。第一次去那个村子的时候，恍然回到了我出生和成长的地方。同样的破败，同样的贫穷。只有村外的树林显示着一丝病恹恹的生机。在村长家，我看到一捆捆有点像芝麻秸的植物堆在院墙边。村长一面躲过他患有精神病的儿子朝他脸上吐过来的唾沫，一面尴尬地笑笑，说那是从村边树林里割的益母草，准备晒干后卖给制药厂的。哦，这就是我幼年时常常采集的益母草吗?我竟然忘了它们的样子。我本以为我一辈子也不会忘记那片土地上所生长的一切的。这个酷似我的故乡的小村，就是靠着收割树林里成片的益母草，换回孩子们上学用的文具，以及农药和化肥。

当秋天来临，益母草长到半人高的时候，村里的男人和那些丈夫卧病在床的妇女，稀稀拉拉组成一支收割益母草的队伍，向树林和树林的更深处进发。到了傍晚，走在前面的女人用小推车推了满满一车，后面钻出来的男人则挑着很少的一担；到了去往自家的路口，互相递一个心领神会的眼神，拍打掉身上黏附的草叶和泥土，心满意足地走进家门。

2008 年 4 月 19 日

去海边

李苇来东营的时候，我带他去看过一个地方。那个地方在海边，是我和小梅偶然发现的。

去年的一个礼拜天，我陪小梅去医院检查身体，当我在拥挤的挂号台前弯腰填写一份表格的时候，口袋里的手机被偷了。我们俩跑到门诊楼门口四下张望，希望能看到一个鬼鬼祟祟貌似小偷的人，可没有任何人的脸上写着小偷二字。小梅心不在焉地做完检查，又气咻咻地骂了一通该死的医院为什么要在妇科安置男医生。关键是，小梅说，那个男医生的眼睛像鬼一样亮。我不知道鬼的眼睛有多亮，也不知道像鬼一样亮有什么不好。我还在想着我的手机。上面存了不少号码，有些人可能就此失去联系，永远不会再有见面的机会了。

从医院出来，由于心情欠佳，谁也不想这么早就回家，于是我们开着车子沿新修的黄河路向东驶去。不到二十公里，到了海边。我们停下车，在海堤上站了一会儿，想说点儿什么，发现并没有什么好说的。于是回到车上，顺着海堤向南行驶。走了十公里左右，我一时兴起，把车拐出小路，在平整空旷的荒原上向西开去。到处是白花花的盐碱地，几乎寸草不生，我们走走停停，仿佛置身于一个陌生的星球。十几分钟之后，忽然看到前面一条大坝背后升起了一股股的青烟。小梅兴奋地喊了一声，我们遇到狐仙了！到了跟前才发现，原来那儿住着几户人家：他们在大坝上挖出一个个的洞，然后安上门窗，或挂上草帘，就像陕北的窑洞一样。房顶上的衰草在风中悉索抖动，昭示着岁月的悠久。在一家门前，有两个老妇在聊天。我和小梅走上前去跟她们打招呼。在交谈中知道，他们已经在这儿生活将近三十年了，基本上与外界隔绝。只有十几年前那次海啸过后，有几个防疫站的人排查疫情来到这里，发现了他们。一个小护士十分惊奇，说他们是野人，引起了大家的不满。那么漂亮个小丫头，恁不会说话，大天白日，哪来什么野人啊。十几年过去了，他们依然愤愤不平。

我带李苇去的那天，是个大好的春日，连风都变得温和了不少。凭着记忆，竟然很顺利地找到那里。我们顺着大坝一直往里走，看到了一个满脸沟壑的老大爷。他怀里抱着一个两岁左右的小孩，浑身是泥，脸脏得像一头小猩猩，看不出原来的肤色。老人说是他的孙子。我们钻进他家，里面黑得几乎什么都看不清，过了一会儿才适应过来，隐约看到炕上散乱的被子，屋子中间的锅台，锅台上摆了一些粗瓷大碗，还没有洗过。我问最近还有什么人到过这里吗？老人说，十几年前发了一次海啸，有几个防疫站的人来过，一个小护士还说我们是野人，真是的，大天白日的，哪里来的野人啊。我说，这个我已经知道了。再有就是前几天，来了两个女人，说是来找她们的疯爹。老头儿精神失常，趁孩子们下地干活的空儿，从家里跑出来了。她们走了一百多里地，到处打听。她们说了老头儿的样子，让我给留意着点儿，要是见到了让我千万留下，管顿饭，过几天她们再来看看。

趁我和老人聊天，李苇给我们拍了几张合影。老人说，嘿嘿，给我孙子照一张。照完了，就让他孙子跟我们叫叔叔。小家伙目光呆滞，小脏手一刻也没从嘴里拿出来过。我们走的时候，老人说，你们洗了相片送我一张啊，就当交个朋友嘛，下回来了我管饭。我们走出挺远了，老人还一直站在坝前望着，把他孙子的手从嘴里拽出来，举过头顶。

过了十几天，我把照片冲印出来了。星期天，我叫上小梅去给老人送照片。我想，他一定会高兴的。我们驱车到了城东的开发区，我让小梅在车上等一下，我去副食店买点吃的。我们今天就在外面野餐吧，我说。买了一些面包、火腿肠、饮料之后，我在酒水柜前看了看，又花了五十多块钱买了两瓶酒。继续上路。小梅说，你买酒干什么啊，你又不喝酒。我说，给那个老大爷买的啊，他见我们还给他买了酒，一定很高兴。小梅看了我一眼，没吱声。过了一会儿，我正摇头晃脑跟着收音机唱一首歌，小梅跟我说了一句什么。我没听清，大声问，你说什么？小梅也放大了声音，我说你要是把这两瓶酒送给你爹，你爹也会高兴。

1990 年的吻

二十年前的一个大风之夜，我和一个女孩在野地里谈到了接吻。

我仍然记得那晚的月亮，被风吹得像一个圆盘在夜空飘摇。当时，我们都在读大学最后一个学期。我在这个乡的公路养护站实习，她在乡中学实习。我的一个初中同学和她同班，又在一起实习，因此我们得以相识。女孩刚失恋不久。曾经的恋人是她的同班同学，一个标准的坏小子，喜欢打架、喝酒，是运动场上的风云人物。她和他好了近一年，被他甩掉了。就在几个星期前，他又搭上了另一个女孩。听得出，她仍然放不下他。女孩长得玲珑清秀，由于内心悲伤而更加楚楚动人。我生出了尽力去融化她心中坚冰的冲动，但事情并不像我想象的那样简单。她早已和他有了肌肤之亲，并对他深深依恋——这大大超出了我当时的经验范围。她向我诉说她经历的一切。她掉下了眼泪。在那么冷的夜里。我差点儿伸手去帮她擦拭流到腮边的泪水。一阵短暂的沉默之后，她忽然问我，你接过吻吗？

这让我感觉自己的青春竟是如此失败。但我还是诚实地说，没有。她不相信。我说，高中时，曾有初中部的一个女孩追我，她是公认的校花。她认真地盯着我。我说，但我们甚至连手都没拉一下。她还是认真地看着我，后来呢？后来，她和我最好的朋友好上了。她握了一下我的手，说，很好。我不知道她为什么要这样说，也没有问。她幽幽地叹了一口气，说，那么，明天我教你接吻吧。我故作镇定地说，为什么是明天，而不是现在呢？我的妆都花了，你看，我太狼狈了。而且，她说，我现在嘴里烟味太大。风越来越大了。远处的麦田里亮起一点一点的灯光，那是农人们在麦地里打的机井上挂着的灯泡。她问我，有烟吗？我说，没有。她说，那回吧。

第二天醒来的时候，已经九点多了。风停云静，一个难得的好天。我去女生宿舍找她，她也已经梳洗停当。于是我们并肩向麦田走去。麦田里的土竟有些温热，我们干脆坐在田埂上。我忽然感觉有些不自然，一时不知说什么好。她点上一支烟，又向我讲起了那个男孩。她问我，你是不是不喜欢听？我说，没关系。她说，真的没关系吗？我说，真的没关系。她说，如果你不让我说，我不会再说的。我说，说吧说吧，说出来好受些。她低下头，再次沉浸在对过去的追忆之中。

时近中午，我们站起身往回走。她说，你应该阻拦我的，你不应该让我说起那些。她苦笑了一下，你看，我一说起那些，就没心情教你接吻了。我说，没关系啊，最重要的是你心情好。我又说，我相信，你一定会是个好老师的。她笑了一下。一个闪电一样的笑。明天吧，她说，明天我一定。她伸出手指，说我们拉钩。

翌日，我接到班长的电话，要到县城去。辅导员从济南到了县城，来看望我们在这儿实习的十来个同学。大家从附近的乡镇聚上来，向辅导员汇报自己的实习情况。然后，闹闹哄哄地喝酒。结束之后，一个非常要好的同学，李安，跟我一起回我实习的乡镇。他的女朋友田娜和我在一起实习，因为身体不舒服，今天没有过来。我们骑一辆自行车回去。

我去邀请女孩，说我的好朋友来了，我请客。她笑着说，为了补偿，我允许你把我当作你的女朋友向他们介绍。我忽然有了一种很特别的感觉。我得承认，这感觉我从没有过。

可到了酒店，我竟然结结巴巴地说，这位……是我的老师。李安看了看她，又看了看我。我明白，他说，回过头看着田娜，你也是我的老师，对吧？他冲我眨眨眼，女人都是男人的老师，歌德说，永恒的女性，引领我们上升。这小子，不知他看出了什么。我看看女孩，她大声说，菜都上来了，你们不准备吃吗？我要了几瓶啤酒，又要了一包烟。当然是给女孩要的，只有她一个人抽烟。

喝到六七瓶啤酒，大家都有些控制不住。李安说，我敬你们俩一杯酒。李安说，谁不干，谁是王八蛋。田娜掐他。李安说，掐我干什么？谁掐我，谁是王八蛋。

女孩又陷入了那种迷离的状态。她又想起那个男生了吗？我站起来，去要了一瓶白酒。打开盖，仰头就喝。我忽然很想把自己灌醉。李安过来夺我的酒瓶。他已经醉了。因为他边夺，边哭起来。他说，为了风华，我可以去死。但是，但是我撇不下田娜啊。听了这句话，我把瓶子里所有的酒都倒进嘴里。然后，我就倒了下去。

当我醒来的时候，发现自己枕在女孩的腿上。我动了一下。她说，你醒了？她说，你要再不醒，我的腿就报废了。我摇摇晃晃地站起来。原来，我是躺在酒店的沙发上，而她在这里陪了我一夜。李安和田娜，已经一早去县城了。女孩陪我回养护站。她走路也有些不稳，她的腿被我的脑袋压麻了。我一直觉得，从那以后，我再没有枕过那么好的一双腿。在路上，她沉吟着告诉我，那个抛弃了她的男生，今天要过来找她。她说，我大概……不能再教你接吻了。

一个星期以后，我实习结束，回了学校。两个月以后，毕业回到家乡小城。然后，被派到一个偏远的镇上修筑公路。等到路基灰土打好的时候，整条路都封了，不能再通车。要等到灰土的养护期过了，才能进行下一道工序。这使小镇唯一的一条商业街一下子冷清下来。我们几个施工员无所事事，就整天窝在路边的一个小酒馆里打牌。每天，酒馆里也只有我们几个人吃饭。因为外面的车辆都不允许开进来。一天晚上，大家喝了不少酒，又开始打牌。我摸了一把好牌，三下五除二，赢了。我站起来，摇摇晃晃地走向走廊尽头的洗手间。在漆黑一团的走廊里，忽然被人拖进一个包间。是一个女的，扑上来就吻。她的舌头又细又凉。她气喘吁吁，拿着我的手放进她的衣服里。于是，我摸到了一条又细又长的奶子，就像一挂软软的鼻涕。我忽然想到她是谁了，这个酒馆里目前唯一的一个服务员。其余的，因为最近没什么生意，都已经放假了。我的脑海里闪过她稀疏的头发、满脸的雀斑、干黄的皮肤。我用力甩开她，一头冲进卫生间，然后，昏天黑地地吐起来。

陪护笔记

*

邻床的宫老几乎吵闹了一夜。有那么一会儿，我几乎要睡着了，忽然被他怪异而又含混的喊声惊醒。二大爷！二大爷！他的喊声持续了至少四分钟。他大概是看到他的二大爷来到病房，来到他的床前了吧。我想这可能是他不久于人世的征兆：最挂念的亲人要来带他离开了。他的女儿大声地呼唤他，并叫来护士为他注射吗啡。在吗啡起效之前，巨大的疼痛又使他不停地喊叫：亲娘啊！亲娘啊！我躺在父亲病床旁那张租来的折叠椅上，一动不动，内心凄凉，不由想起了丁尼生勋爵的哀叹："哦，生命如此徒劳，又如此脆弱！"

*

在医院陪护被绝症折磨的父亲，这一定是我有生以来遭遇到的最困难的时期之一。在我们姐弟中，我一直是他最不喜欢的那个。姐姐是长女，她的到来为家庭增添了最初的欢乐和幸福。我虽是家里的第一个儿子，可这份荣宠仅仅保持了三年，就被转移到刚刚降生的弟弟身上。在农村，老二身份之尴尬，人们常用“姥姥不疼，舅舅不爱”来形容。也许是深深刻印在脑海中的童年记忆，决定了以后漫长的时间里我和父亲的紧张关系。

*

父亲身体舒服些的时候，情绪也随之好转。我紧绷的神经也会得到片刻松弛。这种时候，他就拿着遥控器搜索电视节目。通常是体育频道，足球、排球、台球、乒乓球比赛都是他爱看的。不看的时候，他就把遥控器掖在褥子下面，不知是否是担心被邻床的陪护人员拿走，从而使他失去控制权。他睁大眼睛看着屋顶、墙壁、窗子或床边的布帘。有时在窗玻璃上发现一只蚊子，或在布帘上看到一只苍蝇，他都要大声喊我拿苍蝇拍把它们打死。我不愿意打死它们。它们不是和我们一样，都是在这个世界上苦苦挣扎的生命吗？两个月来，我在病房之中见惯了生命的脆弱和凄楚，更对它们产生了一丝怜惜之情。于是我对父亲说，大白天的蚊子又不会叮人。看到父亲面露不悦之色，下次他让我打苍蝇的时候，我不再说什么，而是故意把它放走。这时，父亲开始大声咕哝，对我的笨拙表示不满。我表面沉默，却在心里大声为自己辩白：爸爸，难道我们人类即便到了生命垂危的边缘还不能善待一个弱小的生命吗？您不觉得把它们拍得血肉模糊也算是一场重大的杀戮吗？我想，当一只苍蝇被杀，死神也同样会降临！爸爸啊，我把它放走，是因为我不希望死神来到您的床前，待上哪怕一秒钟的时间！

*

有一天，父亲第一次谈到了自己的生死问题。为此，我心里突然感到了一阵轻松。在我看来，这个问题一旦出口，父亲自身的压力也会随之减少。他问身边的弟弟，医生说没说我还能活多少日子。弟妹接过话头，如果医生能知道人的寿命长短不就成神仙了吗，早着哪，您好好活。父亲不吃这一套，非常清醒冷静地说，医生根据病情会有一个判断的。到了晚上，病房里只剩我一人，父亲喘着粗气，断断续续，然而十分清晰地谈起了自己，说起了自己最大的缺点，自己最亏欠的人，说起了母亲的执拗，还批评了我的不谙世事。我情不自禁地抓住父亲的手腕，把他的手放到我的手里，紧紧地握住。在我的记忆里，这是我们父子俩第一次双手紧握，仿佛一对仇家终于冰释前嫌，泯却恩仇。

*

病危通知已经下了三天，父亲的意识依然清醒。而这正是我担心的。一个清醒的离世者，大概比一个昏迷的人承担更大的压力、痛苦和对死亡的恐惧。在陪护父亲的这些日子里，我买了好多欧美医生关于临终关怀的著作，探寻减轻父亲的病痛和安慰生者的有用信息。除此之外，我还能做什么？我找到主治大夫，让他把抗生素和脂肪乳停掉。对父亲来说，抗生素一点儿作用也没有，而长期打脂肪乳反而会增加他的呼吸困难。

我站在床前看着他，这个做了几十年，现在仍然吃力地做着我父亲的人。“爸爸，面对死亡，我们唯一能做的，就是等待它的来临……”

2015 年

俊　三

经常想起俊三。说起来，我们认识应该有十几年了吧。但我已经忘记了，刚认识他的时候，他的脑袋是否一直那样光亮。最近这些年来，我们似乎彻底失去了联系，彼此间音空信杳。每每想起，都让我觉得不安和惭愧。

大概是 1992 年，我通过两位写诗的朋友新利和宪军，认识了俊三。当时，俊三在村里当民办老师。那是邻县一个叫作“金盆”的小村。这是个好听的名字。可以想见，在贫困的鲁北大地上，这样一个名字寄托了村人多么美好的愿望。因为写诗，俊三认识了新利和宪军。然后又通过他们使我俩相识。

一个晴朗的秋日，新利骑着一辆“偏三”摩托车，载着我和宪军、舒忠，四个人一起前往金盆。那时没有手机和传呼，固定电话也不普及，所以没办法先行通知。我们是这样想的：如果找不到俊三，那就算作是一次乡间旅行好了；如果找到呢，那肯定是一个大大的惊喜。

秋天的乡野空旷辽阔，盐碱地上零星长着一小片一小片的野草，偶尔有一两株巨大的柽柳突兀闪现；经常会有几只野鸟惊叫着掠地而起，直飞向高渺的云端。我们一路上欢呼、大笑、争论，计划着过段时间做一次通往荒原深处的旅行……多么年轻，那时候，我们认为诗歌就是一切，就是我们的生命；而生命呢，永远像这乡间的秋天一样美好。

我们顺利地找到了金盆村，又问到了俊三的家。他扛着一把锄头，正准备下地干活，一出院门就看到了我们。他先是愣了一下，接着扔下锄头跑过来，恨不得把我们一起搂进他宽大的怀里。在他简陋但清洁的土坯房里，我们度过了多么愉快的一天啊。大嫂已经怀孕，可还是挺着大肚子给我们沏茶倒水，然后又到院子里捉了一只老母鸡，宰杀、褪毛，炖在锅里。

时隔这么多年，当时大家都说了些什么早已无从记忆，只有那种快乐和温暖深深烙在心底，不因时光的流逝而稍有减损。我们的友谊也因为这一次相聚而变得牢不可破。如今，红尘滚滚，人潮熙攘，到哪里还能再找寻这样敦朴的兄弟之情呢？

那之后不久，俊三出了一本诗集，他利用星期天的时间，骑自行车来给我们几个送书。记得他到我家的时候，我刚刚起床，正在家里“排涝”：下了一晚上的雨，家里被灌了一地的水，早上一睁眼，拖鞋像两只小船一样漂在屋子中间。俊三二话不说，挽了挽衣袖，拿起脸盆和我一起排水。

后来，听新利说，俊三以民办教师的身份考上了师范学校，等毕业就可以成为正式教师了。又过了几年，还是听新利说，俊三已经毕业，调到县城去了。那时候，我们都已经结婚生子，工作上的事情也越来越多，终于陷入繁忙琐碎的生活之中而未能再见。

2003 年冬天，我已辞职来到东营；一个朋友编辑出版了一本黄河口诗人选集，我和俊三都被选入其中。等书出来的时候，朋友组织了全体作者聚餐庆祝，在人群中，我一直在寻找那一张熟悉的面孔。我看到他了：在高声喧笑的人群背后，俊三穿着一身略显瘦小的西服，神情落寞地独自坐着。我奔过去，抓起他的手臂使劲地摇晃。我说，俊三啊，你胖了，也显老了。我问，嫂子好吗？孩子多大了？我问，这些年你过得怎么样？俊三和从前一样憨厚地笑着，一一回答我的问题。我说，你怎么不到前边来坐，让我好一通找。他嗫嚅着说，你们都那么有名了，我一个写乡土诗的，怕你们瞧不起……

我使劲地捏着他厚实的手掌。兄弟啊，那一刻，我心里涌上了难以言说的悲伤。

2013年5月8日

父与子

早上刚起床，一位诗人朋友和我联系，问有没有写父亲的诗歌。原来，今天是父亲节。

想一想，父亲还在的时候，我从来没有在这一天送上我的问候。事实上，我们的关系一直都不是太融洽。我不可能在这么一个舶来的节日里，专门对他说点什么。

后来，我的父亲去世了。我不知道有没有他们所说的另外一个世界。就算有，我们还能够再相遇吗?

在父亲感觉到自己快要不行的时候，简短地向我说起了他的一生，并为自己做得不够好的几件事而忏悔。我记得我紧紧地抓住了他的手。我肯定还想要问一些别的，但是，他的肺病让他说话困难。我忍下了。任由他把他的故事就此带走。

好在，我还有一个儿子，还能在这个世界上接续一段父子情缘。

临近中午的时候，儿子发来微信：邵同志，今天父亲节啊。

接着发来了与他的朋友燕子的聊天截屏：

今天父亲节，给你的诗人老爹打个电话啊。

啊？父亲节，太棒了，跟他要钱去。

“但是，祝父亲节快乐，身体健康，这太肉麻了，你想听吗？”

“想听听听听。”

“邵同志，哎呀，我酝酿酝酿。”

他酝酿了好一会儿，才发来下面的话：父亲，祝您身体健康，谢谢您把我活着养大，教我写诗，给我灵感……并遗传给了我爱读书、读好书的基因；还给我钱给我钱给我钱。此致，敬礼。您的啃老族儿子。

在这个世界上，有形形色色的父子关系。或亲近，或矜持，或冷淡，或热烈……我不喝酒，从来没有陪父亲喝两盅。我儿子也不喝酒，但他会给我倒一杯凉好的牛奶。

去年端午节期间去京，在儿子的临时住处，我坐在沙发上翻阅他最近拍的片子。他呢，则端着相机，远远近近地，一会儿弯腰，一会儿半蹲，有时干脆趴在地板上，给我拍照。

他和我谈起了他理想的生活，他喜欢的书，他的朋友。在我躺在床上准备翻会儿书睡觉的时候，他又把电脑递过来，要我看他喜欢的一个视频。一会儿就看完了，看完再睡，他说。

在这之前，我告诉他我要去北京买几件家具，沙发和书柜。沙发？他说，早就过时了，现在是2017年，流行坐在地上。

当我到了北京，和他说起我想买的东西时，他不停地问，多少钱？我说了一个数目，他说，快够我买一个镜头了。我又说了一个数目，他说，这是我相机的四分之一。

我记起儿子小时候偷偷去小区旁边的书店里买漫画杂志，然后掖在衣服里悄悄带回家。其实我早已看到了，但假装没看到。

中午去母亲家吃饭。然后躺在后面的小卧室里睡了一个长长的午觉。如果儿子回来，那是他的固定房间。

儿子爱他的爷爷奶奶，每次回来都搂着白发苍苍的奶奶拍照。儿子也喜欢孩子，他表姐的女儿见了就跟在他的屁股后面转，嚷嚷着要他带她去楼下放鞭炮。他总是会笑着答应。

此刻，我边想着从高二就远远离家的儿子，边坐在窗边写下这篇文字，一抬头，就可以看到窗玻璃上映出的自己。我端详着这个人，不知道他来到这个世界上怎么会经历了他所经历的那一切，他的命运并不总是那么好，说不定还有不少让人唏嘘的故事。

2018 年 6 月 17 日

去天堂的小招

梁真打电话告诉我，诗人小招自杀了。

我的第一反应竟然是：这是一个恶作剧。梁真说，一开始他也这样认为，但经过与阿坚联系，最终确认了这个事实。

既然是事实，我们除了默默接受，还有什么好说的？

小招，男，1986年出生于湖南会同。小招告诉过我，那里属于湘西，离凤凰不远。凤凰我当然知道，但还是想不出会同的位置。我好像是第一次听说这个地方。

2010年8月，我去青岛与友人相聚。梁真把小招带过来与我相见。此前，小招对梁真说他早已与我见过，而我却没有印象了。交谈之后才知道，是在北京的某个朗诵会上遇见过，后来又一起去吃饭，由于人太多，我当时并未注意到他。小招经常去看我的博客，因为有一些了解，所以见面之后对我格外亲近。

瘦小的小招跟在健壮的梁真身后，出入于青岛文艺人士的各类饭局。他前后几次到青岛，都是在梁真的护佑之下。

后来，小招甚至有了定居青岛的打算。他的垃圾派朋友曾德旷、啤酒主义同盟阿坚也都是梁真的座上宾。

梁真就是这样一个人，因为对诗歌的爱，他总是尽最大努力帮助那些写诗的朋友，希望他们能过上更好的生活。

在我的眼里，小招显得那么无助无望，他酒后的疯癫与貌似强大，其实是一层虚假的外壳，就像一只喝醉酒的未成年刺猬。梁真看着他酒后失态，像对待自己的孩子一样宽容。

有一天，小招从青岛坐车来东营找我。那天下着大雨，我与一位朋友开车去车站接他，然后召集几个东营的朋友一起吃饭。他只喝啤酒，菜吃得很少，几乎不吃主食。他说自己的胃被酒泡坏了。我劝他少喝酒，注意身体。他怎么回答我已经忘了，印象中他对自己的生命有一种冷冷的漠视。

小招带来一沓打印出的诗歌，雄心勃勃地说要印 100 万册。我笑一笑，当作一个孩子气的痴语。但他认真地请我为他的诗集写一篇评论文字。他很诚恳地望着我，说我如果不喜欢他写的东西，骂几句也行。他一再表示，没有多少人有资格评论他的诗，而我是他邀请的少数几个人之一。

小招在东营住了两晚。我与另一位朋友带他去看清风湖。他穿着一条短裤，个子又小，就像一个孩子跟在我们身边。他的手里随时都拿着一瓶啤酒。

到了周末，因为要去湖南参加一个诗会，我就把小招带到滨州，送到诗人长征处（后来，他又和我要了方闲海的电话，跑到杭州）。我买了两条山东烟，一条留给小招，另一条带去衡山送给我的朋友阿翔。此前，阿翔在深圳给我发来信息：给我带一条山东烟来！

写到这里，我忽然疑惑起来，我是先在青岛见到了小招，他又来的东营；还是他先来东营之后，我又在青岛见到的他呢？时间过去不到半年，我的记忆就成了一条曲径分岔的河流。我还记得在清风湖给他拍过几张照片，但现在翻遍电脑也未能找到；而当时用的那个相机，也早已经丢失了。

梁真还告诉我，小招上次离开青岛，是由于张驰请他去北京写一个电视剧本。梁真给小招买好车票，晚上，送他坐上开往京城的动车。谁知第二天一大早，去接站的张驰扑了个空。直到一周后，梁真忽然接到从潍坊打来的电话，说小招由于在火车上发病被送进了那边的精神病院。

再后来就是小招的死讯——情人节这一天，小招在他家乡的一座桥上一跃而下。

无论如何，对于小招的离世，我都感到万分惋惜。他那么年轻，那么单纯（他单纯吗？我真的不太知道。我发现我对他的了解其实极为有限），忽然一下子就没了。他在新浪的博客已经打不开了，不知是不是他在自杀之前就已自行关闭。我去翻看他以前的一个博客，一页一页地看，看到了他的颓废与自弃。这样的生活，似乎注定了终会以悲剧收场。

在北京，小招属于一个自称啤酒主义者的小团体。他们的生活类似于十九岁以后的兰波，更类似于在欧洲流浪时期的格雷戈里·柯索。但是，一个人的才华真的能够成为贫穷、混乱与颓废的理由吗？靠朋友的接济、靠社会的捐助，甚至靠女友来养活，对于一个健康人来说，难道他们对这样的生活真的没有感到丝毫的不妥？

而小招与他的那些朋友，当然远远不能与天才的柯索相比。

小招的朋友，一个名叫白脸的人，在悼念小招的文章中表达了对阿坚与张驰的不满。他认为小招之所以会出现这样的结局，他们两人负有不可推卸的责任。因为他们怂恿了小招，使他在这样一条道路上越滑越远。

具体的情况我不得而知。但与小招不多的接触中，我了解到在小招的思想中，他认为以他的天才，本来就不应该去辛苦工作，这个社会不应该让他饿死。而他身边那些朋友，显然没有将一种正确的生活与写作观灌输给他；或给他一些积极的影响，让他认识到应该有一种更为健康的生活。

我常想，如果写作不能让一个人的思想更加清醒，不能让他的心灵更加健康，那么他的写作就注定是失败的。

可是，这清醒与健康的标准又在哪里？

卡夫卡在日记中写道，在生活中不能生气勃勃地对付生活的那种人，需要用一只手把他的绝望稍稍挡在命运之上，但用另一只手将他在废墟下之所见记录下来。

我愿意认为，小招也早已看到了这一点。但他最终却被绝望淹没。

2009年8月5日，宿醉醒来的小招曾经写下这样一些文字：

> 啤酒主义是一条死路，但我无力回头。对于癫狂和反常，我已经麻木，因为我内心里深深而又彻底地悲观和绝望。在这场彻彻底底的悲剧和大戏里，清醒之时，我是一个看客，却又不由自主地沉醉其

中，成为一个戏子。我只是一具行尸走肉，在人潮人海里，那些陌路的、相识的，和我一样，都是牺牲品。我不愿意再追问昨天，因为昨天转瞬即逝，没有比追寻昨天荷叶上的露水更虚妄的事。但放眼明天，我有的也只是无路可走的穷途痛哭。所以我只能把内心深深的悲观和绝望掩藏起来，投身在人世里，代之以表面的热闹和繁华。我早已不再追问为何来到这个无趣、可怕、残酷的人世，也不再考虑什么时候以一种什么样的方式离开。我希望在30岁之前把自己弄死，或者弄成一个废人。我早已不再企求任何人或者上天、上帝的宽恕，我能够交出的，仅仅是这条并非我自己想要的生命。

这是我看过的他最为正常也最为绝望的文字。如果早几个月见到，我也许会与他进行一番长谈。但结果如何早已不得而知。

但他身边的朋友，显然并未对小招的思想状态有足够的重视。如此看来，白脸的懊悔与谴责的确不无道理。

无可更改的事实是：小招走了。我们只能想，于他，这未始不是一个更好的开始。

那是一条人人必走的路，他只是比我们先走了一步。

在我们还不知道的那个世界里，或者，在天堂的某处，小招是否还举起酒瓶漫不经心地啜饮？

我只能祝愿他在天堂能得到更大的快乐。

飞机是怎样飞上天的

1

多年前曾写过一个小说：一个在餐馆打工的女孩想去机场看飞机是如何飞上天的，可由于工作琐碎而烦劳，再加上老板苛待，总是心愿难遂。小说开头后因事搁置，不知是否还有写完的一天。不过，看飞机呼啸着升上碧空，大概是很多人喜欢的一件事。哪个人的心中，不曾有过一个飞天梦？几年前的一个春日，我带妻子去胜利机场看飞机起飞，因为她从来没有坐过飞机。机场很小，航班又少，我们在机场外的荒野上像两只兔子一样窜沟跳坎，还挖了一些新鲜的野菜。我对妻子说，我去问下今天的航班吧，不拘去哪儿，干脆带你坐一次。于是一个小时之后，我们登上了飞往上海虹桥的飞机。不能不说，这是一次独特的飞行之旅，因为它的目的只有一个：坐飞机。

2

第一次坐飞机是1994年，从上海虹桥飞往广西北海。我血压低，又恐高，随着飞机逐渐升空，两个耳膜要命地痛，胸口发闷，头疼欲裂，苦不堪言。耳听得同伴的说话声似乎越来越远，仿佛自己已经到了另一个世界。他们见我痛苦之状，也都十分焦急，这个拿毛巾帮我敷额头，那个递过口香糖嘱我尽力咀嚼，诸般方法用尽，仍不见丝毫缓解。我说，别忙了，现在最管用的办法就是：打开舱门，让我一跃而下。

3

世纪初年自单位去职，远赴中亚，从温州倒腾一种所谓智能马桶盖去卖，从此有了几次长达10小时的漫长飞行。从青岛到乌鲁木齐，再从乌鲁木齐飞往巴库。一般是下午从地窝铺机场起飞，一直向西，追着太阳跑；有时在空中还是一片阳光朗照，到了巴库落地后则是漆黑一片，大约已近子夜时分。我不是争分夺秒的人，于时间不够敏感，只是惊诧于那飞行中的奇异景观。如今归国已经数年，还总是想，哪一天再去故地重游。那个美丽而热情的国度至今还时常出现我的梦中。至少，那一片又一片散布城中的树林与公园，矗立其中的雕塑大都是诗人、作家、音乐家，而不是像我们这里一样，大都是难看的钢球、火炬、“日月交辉”和早已变了形的英雄。

4

无数次飞行，从没感觉到恐惧。大概是因为自舷窗向外望去，所见都是蓝天白云，由于没有参照物，就忽略了它的速度与高度。有一年从青岛去太原，当飞机飞过黄土高原上空，偶尔凭窗向下一望，猛看到下面沟壑纵横，山塬林立，联想起旬月以来世界各地的坠机事件，心中不禁生出一阵惊惧，觉得飞机真的是比风筝都不如，连一条拴着的线也没有。从此之后，好久不敢坐飞机，每次出行，都坚持坐火车。有时逼不得已，坐在机舱中也是备感忐忑，各种怪力乱神、祖宗奶奶，但凡叫得上名字的，都要在心中祈祷一番。

5

我有一友，台湾人，小我一岁。先在美国读建筑学，后被延至清华大学执教席。因不满学界种种陋习，几年后辞出从事地产策划。其同伴中有一位是台湾女诗人夏宇的远房表兄，每从对岸过来，都要送我台湾诗集。谈起坐飞机经历，朋友说他从来不买保险。在他看来，买保险是一件不吉利的事。他坚信：我就是保险！凡是我坐的航班，都会平安无事！听后不禁肃然。以后每坐飞机，也学他不买保险，拍着胸脯对同伴说：保险？我就是保险！

6

乘飞机出行的经历中，似乎未遇过太大的惊险。一个朋友讲过他去重庆的一次经历：飞机飞到重庆上空，因故障不能降落，就在成都与重庆间徘徊。乘客恐慌，对着乘务人员大喊大叫，在机舱内四处乱窜，空姐苦劝无效，只得汇报机长。回来后拿出一摞白纸，每人发一张，说机长安排，大家有什么话要向家人交代的，请尽快写下来。霎时间机舱内一片安静，每个人都坐回自己的座位上，表情凝重，大概都在想些即将作别人世的人应该对家人说的话，心跳之声咚咚相闻。等故障排除，飞机安全着陆。空姐这才解释说，留言云云是机长为让大家安静下来而使的花招，“敬希谅解”。

7

我乘坐过的最舒服的飞机，还是阿塞拜疆航空公司的一班，不知型号，座位一律宽大，座椅扶手上有若干按钮，功能齐全。登机后，每人即发一套耳机，可听音乐；可观赏悬挂视频播放的国际大片。最舒服的是——你可以找一排没人的座位，横躺下来，美美地睡上一觉。机上人少，空姐管理也松，只要飞机开动，就可以随处乱跑，丝毫不加限制。我一般是先看书，偶尔写一首诗；累了，就脱了鞋子躺下来睡觉，睡醒了一睁眼，飞机已经来到里海上空。下面那个港口城市里，有我临时的、温暖的家，一栋二层别墅；还有一个少言寡语，常常在夜深人静时捧着一封信偷偷哭泣的阿族女佣。

8

飞机上的食物大都难以下咽。尤其是从前乘坐的阿航班机，所有吃食都散发着一股沉重的羊膻味，每每熏得人头脑昏然。“非典”那年，接到母亲病危的消息，我连夜从巴库飞比什凯克，转道回国。由于未及吃饭，一上飞机就饥饿难当。恰好邻座是一位阿国小伙，拿出一只硕大的烧鸡，摆在小桌上撕吃，看得我直咽口水。小伙子见了，撕下一只鸡大腿向我示意，我脸红着摇头拒绝。但实在忍不住，过一会儿又觍着脸伸手讨要。小伙子不以为意，大方地撕下半只给我，我狼吞虎咽，不多一会儿吃得只剩白骨。他歪头看着我吃，禁不住笑个满脸。这是我在飞机上吃得最香的一次。

9

还是第一次乘飞机的时候。与一位同事兼好友参加市里的小团队出行，由于吃不惯南方饭菜，没等活动结束，便拉着他从桂林返回。登机时，他站在机舱门口用他地道的鲁北口音结结巴巴地对一个漂亮的空姐说："同志，请问……这个飞机……是啥牌儿的？"空姐忍不住"扑哧"笑出声来，回答："这架飞机的型号，是空中客车。"我一把将他拉进去：飞机哪有论"牌儿"的，人家那叫"型号"，这回你真是丢人丢到天上去啦！

2011 年 8 月 31 日

新生活，旧时光

2010 年

8 月 25 日　不由分说

我以为开始了，其实是正在结束。结束就是这样的：当它到来，你常常会以为还是刚刚开始。

*

我喜欢在晴朗的天气里，呆坐在幽暗的屋子中间。这样，我就会以为自己是活在另一个世界中。一个不一样的世界，总是能给予我对这个世界更为奇妙的认识。

*

在生活中，你总是会遇到一些让你喜欢的人。这很好，因为那仅仅是喜欢。

*

每次路过废墟，我都想，废墟是刚刚过去的历史，因为离得还近，所以才更为真切。

*

我常常怀疑自己。我怀疑我要寻找的，是一种并不存在的东西。它不是空虚，也不是虚无。虚无是有，而我要找的是没有。

*

真正伟大的作品，是没有结局的。

*

肉体之爱是单纯的，精神之爱是肮脏的。反之亦然。

*

因为糊涂而热爱，因为清醒而分离。所以，难得糊涂。

9月9日　想起阿尔贝·加缪，想起一首旧诗

这城市就像一座候车室。阿尔贝·加缪
清晨走过你窗前的人，带来淹没和鸟鸣
带来隐秘情感的潮汐音讯

我要向这春天脱帽致敬！阿尔贝·加缪
年轻时独坐大西洋边，梦想着

一个涂抹着香料的女人

我不知道这样的生活是否得体
这干净的生活是出于谦逊，还是出于好意
而枯叶的首饰挂满扫墓者的胸襟

阿尔贝·加缪，这城市真像一座候车室
依次坐着沉思的人，打扮的人，后悔的人
局外的人，以及身染病疫而沉溺声色的人……

总会有一种命运被他们选择
总会有一种生活被我们穷尽

2003年于阿塞拜疆巴库市

10月4日

我愿意生活是简单的。我愿意生活中的朋友越来越少。

爱是一件奢侈品，你消费的不是其他，只能是幸运。

10月14日

我们不是勾肩搭背的伙伴，却也不是视而不见的路人。

10月27日

苏格拉底说，无论如何都应该结婚，如果娶到一个好妻子，你会很幸福；如果娶到一个糟糕的妻子，你会成为哲学家。

而那些没有结过婚的哲学家，至少也都有过一段让人唏嘘的情感经历。比如尼采。

2011年

5月3日

生活进入一个前所未有的阶段：终于辞了职，做起了职业作家。在我看来，职业作家应该是塞缪尔·贝克特那样的人，即便再清贫，也只是不停地写作。因为只有写作才是他们的职业。

7 月 13 日

“艺术家不会因为出了次品而丧失自己的身份，而是在开始害怕承担一切风险的那一刻起，就不再拥有做艺术家的资格。”语出《伯尔文论》。

需要说明的是：“次品”二字是我改的，原译为“拙作”。真是令人喷饭！

7 月 29 日

接儿子放学的路上，忽然想起他说他的英语老师（女）成了我的粉丝的事儿。我问，你们英语老师叫什么名字？他说，你问这个干什么？我说，不干什么，你的老师嘛，我应该知道名字的啊。他说，算了，人家已经结婚了！

11 月 1 日

窗外阳光灿烂，室内歌声低回。这大概是一首忧伤的歌，可我觉得它与窗外的阳光十分相配。我在屋子里转来转去，不知道应该做什么。把所有的花浇了一遍；把昨天刚买来的十余盆绿植摆来摆去，试图给它们找到一个合适的位置。

这么多年来，我住在这里，却与它格格不入。

11 月 2 日

阳光灿烂，而北风凛冽，冬天终于来临了。收拾客厅中堆放的书籍，如同整理一颗混乱的心。一切到了各安其位的时候。

11 月 28 日　冬雨

傍晚出门的时候，外面正下着牛毛细雨。当我向菜市场走去，它就慢慢变成了小雨。我边走边感受着细雨与小雨的区别。菜市场的人和平时一样多，不管是细雨，还是小雨。

我匆忙地穿过菜市场——我只是从菜市场穿过。

2016 年

10 月 29 日

一个女生指责我不喜欢乳房。那你觉得我喜欢什么？我无力地问。你只是喜欢被你初遇的女人打动时的那种感觉而已。唉，朋友们，对此我能说些什么？

12 月 26 日　一个故事

记得 1998 年的圣诞节，我正在与朋友们合开的书店里值班。一个看上去二十来岁的年轻人，在书店里挑了一大摞书，有点儿羞涩地走到我面前，对我说，这是他给喜欢的女孩买的，可是他觉得他的字不好看，想请我替他在每本书上都写上一句祝福的话。对于这个美好的任务，我自是满心喜悦和感动地接受下来。

如今，十八年过去了，每到圣诞节这一天，我都会想起这件事。不知道现在他是否和那个女孩在一起，不知道他们还记不记得那年的圣诞，不知道他是否会想到，那件事给那个小书店的合伙人带来了怎样温馨、美好的记忆。

2017 年

1 月 12 日

选择写作的人应该放弃功名。应当把自己隐藏起来。他应当像一个不在世的作家一样去写作，只有这样才能开启真正的写作之旅。奥登说，一个诗人的读者在他死后才会到来。这是悲观的，也是乐观的。

保持沉默，写作不受欢迎的作品——也许，这才是我应该做的。

1 月 28 日　春节快乐

今年是我的本命年，忽然感觉恐慌。昨天看了周星驰几年前的一个访谈，他说，五十岁了，感觉时间不够了。一头灰白头发，一脸凝重，感觉星爷也不能再笑得那么没心没肺；落寞已经笼罩了这个男人。

2月14日　情人节忆旧

记得是前年吧，我和弟弟赶在春节前给爸爸办理了出院手续，让他回家过年，而我却因为风寒感染了肺炎，不得不在情人节这天住院治疗。

医院大堂里，一个胖胖的小男孩在卖玫瑰花，他说，叔叔买枝花吗？我买了一枝深红色的玫瑰，插在背包里，一个人楼上楼下跑，办理住院手续。很多人都用奇怪的眼神看着我，大概以为我精神不太正常。

在护士站办好床位手续，找到一张病床躺下；一个年轻的实习护士来给我测量血压、体温。我把玫瑰拿到手里，说，这是我刚刚买的玫瑰，可是没人可送，就送给你吧，祝你快乐！

女孩非常高兴地接过玫瑰，说，谢谢！祝你早日康复！

3月3日　如此

读书。漫步。世间最美妙的两件事。

美妙，因为不功利。

赫尔曼说，只要我没想过出版……这本书就是有效的。人们习惯于用出版了多少本书（不问质量），获得了多少奖项（不问来路），来衡量一个人的成就，这真是最世俗最功利的标准。它当然不是艺术的标准。

昆德拉曾经设想过，如果卡夫卡不是用德语写作，而是用捷克语，那他直到今天也无人问津。看来要成为大师，除了写得好，还需要好运气。只能用中文写作——我不知道这运气算不算不够好。

晚上与一位朋友就写作与阅读问题发生龃龉。他不明白，就我而言，那些不能满足我的审美需求，不能给我对文学的认知带来补充、怀疑、刺激乃至挑战的作品根本不值一提。

3 月 20 日　经得起反复阅读的作品

2004 年，我读到苏珊·桑塔格的一句话，我得承认，这是这么多年来，关于文学作品和阅读，对我影响最大的一句话。她说：一部作品如果经不起反复阅读，那它就不值得一读。这么多年来，我不想随意把自己写的东西示之于人，都与这句话有关——我担心自己的作品经不起反复阅读。无论小说还是诗歌。

玛格丽特·尤瑟纳尔说，世上有些书不到四十岁便不能硬着头皮写，因为人不到四十岁往往看不到主要自然界线的存在，这些界线一个人一个人、一个世纪又一个世纪地划出了人类无限丰富的差异。她的意思是，仅仅有才华是不够的，活到什么份儿上，才能对文学理解到什么程度。

4 月 1 日

忽然想起李商隐的诗句——“直道相思了无益，未妨惆怅是清狂”，竟无心思看下书去。

艾略特有一句诗：四月，是一个残忍的季节。愿一切安好！阿弥陀佛。

4 月 25 日　凉风起春末

这个大风肆虐的春天，早已经拒绝了抒情。

一直想再去孤岛看一次樱花，但直到樱花落尽，还是止于幻想。现在，槐花都要开了。可能从明天开始，就要轮流去槐林值班了。带上一本书，去槐林深处，坐在木椅上，听着鸟啼风鸣看书，或者干脆睡个午觉，不失为一年一度的额外福利。

6 月 6 日

午睡的时候，做了一个梦。梦到你挤在我身边，倚坐在床头，对醒来的我说，被子真漂亮，你还挺会买的。我觉得真开心啊，你还是回来了。我就笑，你再说什么，我都记不得了；只记得自己一直笑，一直把自己笑醒来。

6 月 11 日

我想象一个人。我每天都在想象着她。从她的早晨到她的黄昏。我想象着她在渤海湾的大风中奋力前行。我想象着她穿过菜市场混乱的人群去买一条鱼。我想象着她在每一本书里睡去在第一声鸟鸣中醒来。她的样子有时清晰有时模糊。她就是那样出现在我的生活中像我自己烫在手背的一小块伤痕。我想象着她这是生命中一件必需的事。从春天到夏天，再到将来的春天和夏天。尘世上经历过的一天足够用一生来回忆。我不是莫尔索但已将自己投进心灵的牢房。我想象着她。一个美好的人总是被丑陋诋毁。一个善良的人则被虚假的友谊伤害。我想要保护什么。我想要在想象中做那正确的事。我总觉得一切都是值得的。在将来不再漫长的岁月里总该有正确的选择这是上天赋予每个人的最后的权利。我想象着我们未来的生活。在每一个被雷声惊醒的夜晚我感觉到你的存在。我们仿佛无时无刻不在寻找另一个自己。你就在那儿。你与我相互映照。你与我互为一体。你与我不发一言但已经彼此知晓。世界就在你与我之间展开。未来的岁月如此沉默平静。在我的想象之中。在我的每一个想象之中。在我的每一个早晨和傍晚。在我静下来触摸内心的一刻。我总是怀着一个梦到你的念头静静睡去。但每次醒来身边都是空空如也。

6月17日　电影及其他

好像很长时间没看电影了，努力想了一下，上次看的是《摔跤吧，爸爸》。接下来等待的是《加勒比海盗5》，临到上映却没了兴趣。每天下班之后，走路去中央街的一家快餐店就餐，使劲把肚子填饱。生活似乎进入了一个死循环，再没有让人激动和欢欣的事件发生，仿佛假死。而以前不是这样的。以前每个周六下午忙完手头的事情之后，总觉得还有另外的事情要做。现在呢，没有了。下午，去了小王那儿。一群人说是好久没见了，把我让到棋桌前。四胜一负；下到最后，头疼得不行。中午没睡着，昨晚又熬夜写东西。既然多余的荷尔蒙燃烧完，就回家吧。新书架几乎摆了四分之一，很多书等着我看呢。

6月23日

每一个暴雨之夜，总是睡不着。窗外风雨大作，电闪雷鸣，我在床上辗转反侧，想起在大卫·米恩斯的小说里，那个被雷劈了N次的家伙，不知道这个世界上还有没有比他更倒霉的人。

因为睡不着，索性打开手机，看到一个朋友两小时前发来留言，说是心情不好，问我孤独是不是人的常态。我不知道如何回复。诗人阿多尼斯在诗中写道，孤独是一座花园，但其中只有一棵树。绝望长着手指，但它只能抓住死去的蝴蝶。

那么，一个被雨声吵醒的人，该如何度过接下来的时间？饥饿、疲倦，像一群野兽涌来。每一个不眠之夜，都让我对世界充满了怀疑。

6月24日

不要担心不会爱上一条宁静的小路，一小片水洼里的白云，一座少有人去的树林。

II 镜像与暗示

虚无主义者的黄昏

2013年，我在医院守护因肺疾住院的父亲。

我用一只手拿着陪护证，用另一只手拿着一本诗集，在医院里出出进进。我在父亲的病房里见到了形形色色的病人，他们被各式各样的病痛折磨，努力支撑着活下去，却大都已经丧失了活着的尊严——求生远远没有求死来得悲壮。

我明白我看到了生命的阴影，而它所对应的，绝不仅仅是死亡的残酷。看着他们的身体被插上一根根管子后变得那样奇怪和陌生，看着他们见到医生巡房时那热切渴求的眼神，就像黑夜降临时被丢弃在广大无边的宇宙荒野中的孤儿。

这也许是我真正需要诗歌的时候。我在父亲输液的间隙里翻看手中的诗集。在病房里，一切游戏性文字都变得一文不值。只有贯串了生的沉重或死的欢愉，只有将人世的风景当作末日来参看，诗歌才能在你的生命中真正有了意义。作为一个虚无主义者，当我守护在命悬一线的亲人旁边，突然意识到一种生命继承者的身份。这个发现让我如此绝望，因而生出了对尘世的厌弃之心。

其实，父亲在医院只待了几个月就回家了，而我要把自己从医院那种精神威压中解脱出来，却用了整整一年的时间。

我一直对接下来发生的变化感到惊奇：从医院解放出来之后，我突然置身于校园之中。旧死与新生，哀痛与欣怡，从通向黑夜的黄昏，换作了通向正午的黎明，我不得不承认这样的交替对于疗救我濒临枯萎的内心起到了极大的作用。接下来在大学讲授写作的时间里，我从一张张稚气未脱的脸上，感受到自己对于生命的信心在一点一点地恢复。我同时感到了诗歌本身的光芒。它也许不能够照亮现实，却能为我们内心深处的黑暗之地带来一丝隐隐的亮光。

因此，我得以度过 2014 年及其以后的时间。

2014 年 1 月 12 日

每个写诗的人都有自己的理由

黄河入海口依然是一处荒凉的寂地。在这里，我们过着各自的生活，忙碌或者散漫。那些寂静的夜里，大家偶尔相聚，聊天、喝茶、下棋，然后各自散去。还要去过各自的生活，还要去忙碌或者散漫。而想起他们，总是使我感觉到温暖和踏实。这些出色的朋友，是诗歌为我带来的。有时我想，诗歌究竟有什么意义呢？最重要的一点，也许就是它把我们这一群人类，和另一群人类区别开来——如此，世界上的人就分为了两种：写诗的，和不写诗的。让人高兴的是，我们都属于前一种。

——这很好。仅仅这一点，已经足够了。

2005 年 7 月

在河口的孤独

一个写作的人注定是孤独的。无论他的天性如何，在写作时他必将陷入一种无以言说的孤独之中。写作者不可能与他笔下的人物一起生活，一起欢笑、哭泣，因为他必须充当一个观察者的角色。在写作的过程中，他只能拥有自己——一个不断观察、体认、思考、诘问的自我。要么如水般平静，要么如痛苦般沸腾。

当然，写作中的孤独也是一种受到控制的幸福。它值得你珍惜。而且，这孤独是天赐的——你应该像一个天才那样去拥抱它。

我在自己的房间里写作。这个贫瘠的小镇上没有咖啡馆。除了外出就餐和散步，我都在安静地享受着它——孤独。在某种程度上，孤独规定了你和你的写作，甚至你对文学的认知。至少，它保证了你能够成为自己想要成为的那种作家——在孤独中成为你自己。

现在，我已经习惯了我在河口的孤独。直到185年前，这里才由黄河携带的泥沙冲刷成陆，之前则是一片汪洋大海。我住在这里，但我知道，我并不属于这里。在一部分人眼里，我是一个彻头彻尾的失败者：我放弃了别人梦寐以求的东西；最终，像一个出门流浪的人回到家乡，成为罗伯特·勃莱在诗中写到的“贫穷而听着风声”的人。在这里，没有人为丰富的内心而感到骄傲；在这里，我仅仅只是一间房子的拥有者。它位于某个规划严整的政府小区。此刻，我就坐在窗前，看着外面灰白的天空发呆，听着汽车驶过不远处的大街。楼下的苦楝树上，蝉声将一直持续到傍晚。过不了多久，楼上的孩子就会再一次笨拙地弹奏起一首车尔尼练习曲。

事实就是如此：我居住在这里，却有一种遗世独立的感觉。这也许就是我想要的那种孤独。

我写作——直到被孤独彻底包围。我就是孤独留下的一片废墟。

2018年

我喜欢写得少的作家

我一向钦佩那些写得少的作家。我想，他们之所以写得少，那一定是他们将写作当作一件严肃的事情，甚至神圣的事业，不容随意亵渎，不容率意而为。

胡安·鲁尔福只出版了一部中篇小说和一本薄薄的短篇小说集，翻译成中文，加在一起也就 20 万字。诗人伊丽莎白·毕肖普终其一生只写了 101 首诗；特朗斯特罗姆写了 50 年才写了近 200 首。近年来引起广泛关注的爱尔兰女作家克莱尔·吉根，在第一部短篇小说集产生重大影响之后，又用 8 年的时间才写出了第二本薄薄的只有 7 个短篇的小说集。

有时候和写作的朋友聊天，明显感觉到他们的焦虑：几乎无一例外地崇尚作品的数量，无一例外地急于以发表的数量来造成某种影响或引起关注。对此，我总是觉得难以理解。在我看来，写作的最大乐趣，是写出能够让自己满意的作品；如果能得到自己信任的朋友的认可，那就更是一件乐事。这难道不是写作赐予我们的最大的幸福吗?

在写作上，我最讨厌的是一遍又一遍地重复自己，不管是作品的形式，还是所涉及的题材。或者说，我就是一个坚定的反题材论者。当看到有人评介某位作家擅长工业题材、农村题材、城市题材……的写作，或有作家以之自况，我都会哑然失笑。我觉得所有的文学作品的题材只能这样来分类：写人，还是写物（动物、植物）。

如果每一次写作不能构成对自己的挑战，或对自己已经写出的东西的反动，那么写作还有什么乐趣和意义呢?

2011 年 7 月 23 日

论隐没

我喜欢那些写得少的作家。然而，我更佩服那些隐没的作家。在某一点上，他们有共通之处，又并不尽然。

比如塞林格。在小说《麦田守望者》引起轰动，又发表少量中短篇小说之后，彻底消失在人们的视野里，一生中有三分之二的时间隐居在新罕布什尔州的某处山林之中。曾有无数记者和仰慕者去到他生活的小镇，千方百计想要见他一面都未能如愿。当他以 91 岁高龄去世时，很多人都以为他早已去世多年。这个老头儿，生生把自己活成了一个经典和传奇。

比如赫拉巴尔。在获得法律博士学位后，从殷实的父母家搬了出来，住进了布拉格的平民区，干过仓库管理员、铁路工人、列车调度员、保险公司职员、商品推销员、钢铁厂临时工、废品收购站打包工、剧院布景工和跑龙套演员等几十种工作，把自己完全隐没在底层的艰辛中，直到 49 岁时才出版第一本小说集。如果没有这些经历，我们怎么能看到《过于喧嚣的孤独》这样的杰作，和他描述的“巴比代尔”群像？

比如胡安·鲁尔福。在1955年出版小说《佩德罗·巴拉莫》之后，就停止写作，把自己隐没在汽车轮胎推销员这一普通而又艰辛的职业里，直到31年后去世。仅凭一本薄薄的小说集和一部几万字的中篇小说，在世界文学丛林熠熠闪光。

比如杰克·吉尔伯特。在处女诗集《危险观察》引起轰动后，立即选择离开，后来甚至在他的同伴和恋人格雷格的陪伴下隐居希腊岛屿等地20年，只有很少的作品发表，连美国的诗歌选集中也见不到他的名字。在他看来，用写作谋得一个大学的职位，定期在杂志上发表作品以赢得称赞，只不过是平庸诗人的生活方式。而最终，他用自己的诗歌改变了许多读者的生活。坚持自我，为了自己的艺术和生命而存在，才是他作为一个真正诗人的理想。

奥登似乎也表达过这样的意思：最好的状态是，诗人在死后迎来他的读者。

而今年90岁的瑞士法语诗人菲利普·雅各泰（被称为将法语之美传播到全世界的人），则在28岁起就与妻子在法国德龙省的小镇格里尼昂过着隐士般的生活。在他的名作《愿尽头将我们照亮》中，他写道：

隐没是我发光的方式

这句诗，不仅表明了他自己的创作主张和生活方式，也为上面提到的那些作家和诗人做了总结。

隐没。这就是我今天所要说的。

2015 年 7 月 27 日

短篇小说的气质

毫无疑问，这不是一个短篇小说的时代。尽管从形式上来说，短制与我们现实生活中那匆匆的步履和浮躁的心态似乎更为相契。但实际情形并不是这样。无处不在的“空虚”与精神世界的幻灭，使传奇、惊悚、玄幻、演义类的长篇故事成为人们关注的热点和市场新宠。文学脱下了神圣的外衣，茫然失措地站在无边的泥淖之中。

我想指出的是当下文学的集体沉沦：创造不再成为人们写作的目标，探索也不能提供持久的动力，而是在名利的驱动下以一种惯性维持着写作的机械运转。在商业与权力的双重拉扯下，我们的作家显然没有做好精神上的准备，从而显得张皇失措、进退失据。平庸、琐碎、媚俗、依附，在每年批量生产的小说作品中，难见具有独立之人格、自由之思想的优秀之作。在这样的情境之下，对短篇小说的热爱与实践近乎一种悲壮之举。

究其实，短篇小说是最接近艺术/诗的一种小说形式。正是它的“短”，使我们的写作具有了完美的可能；也使我们拥有了天马行空、驰骋想象的空间。更重要的是，短篇小说为我们在艺术上进行实验与革新提供了极大的方便。因而，只有短篇小说和那些短小的长篇作品才能真正杜绝任何细微的瑕疵，成为完美无缺的艺术品。出于对建筑、雕塑、室内乐等艺术门类的喜爱，我心仪的短篇小说是那种繁复、曲折，能够最大限度地传达出时代的精神状况，能够较为充分地展现或引领我们去思考命运、生存及人性之黑暗的作品。简言之，短篇小说虽局限于短小的篇幅之内，却要具有博尔赫斯所说的“谦逊而隐蔽的复杂性”。在这一点上，门罗做出了一个重要的贡献，就是使短篇小说具有了长篇小说的气质。

目前的普遍情况是，为了出版、获奖、畅销和快速地获得声名，很多写作者都把精力放在长篇小说上，把短的拉长，把长的拉得更长，甚至为自己找到“长篇就是要往长里写”的借口和“没有二十万字以上的篇幅，长篇小说就缺少应有的威严”（莫言语）的毫无根据的断论。对小说而言，这是极为有害的误会。我们缺少的是文学精神的内核，这与篇幅何干？“小说家有能力成为历史的法官”（阿莱霍·卡彭铁尔语）。

在我们的时代，尤其需要敢讲真话、敢为历史负责的小说家与小说作品。可是，不明就里的读者所期待的那些作家早已经成为长篇通俗故事的记述者和编造者，而对于我们所面对的现实中的种种问题退避三舍。

就我自己来说，我最为心仪的乃是短篇小说的写作。而每一次写作都是一次冒险，也同时是对自己的考验与折磨。我敬重那些为短篇小说做出探索和贡献的作家，比如巴别尔、契诃夫、博尔赫斯、卡佛和门罗……我想，作为一个如此喜爱短篇小说的诗人，如果有一天我转头写起了长篇，那也许是我对自己降低了要求，或感到自己能力的不逮。

抄袭艺术家

青年作家赵K抄袭事件成了一个热闹的话题。事件本身并无悬念。赵K所在的作协提供了一份《赵K抄袭作品一览表》；也有人一一对应地把他的抄袭之作与原作放在一起进行了比较。把这两张表对照看完，我陷入深深的疑惑之中。最后我终于明白，赵K其实是不惜以自己的名誉为赌注，跟所有人开了一个玩笑。当然，要真正理解赵K的幽默并不容易。

在赵K的抄袭作品中，除了标题，甚至连其中的人名都没改。试想，真的会有这样蠢笨弱智的抄袭者吗？由此看来，赵K并不像别的抄袭者那样竭力把他的抄袭搞得更像自己的创作。当然，这不是他不会，而是他根本就不想那么做，或不屑于那么做。对赵K来说，这种“史无前例”的抄袭真的只是为了抄袭吗？我不知道他的本意如何，但我宁愿将之看作是作家赵K表演的一个行为艺术：把别人的小说拿过来，改一下标题，然后，投寄出去。他心里想的很可能根本就不是抄袭，而是在做一个游戏。是的，难道这不是对当下文学现状的无情嘲讽吗？

作为一个几年如一日勇敢坚持“抄袭”的人，赵K肯定明白他的行为终有一天会被人揭穿，也知道被揭穿的后果，甚至早已做了最坏的打算。若非如此，怎么来解释他不慌不忙、镇定自若地出入于大大小小的作代会、文代会、青创会和形形色色的研讨会，甚而从容地与那些视各种“高级研讨班”为文学创作“天堂口”的青年朝圣者，一起走在各类文学院那狭窄的过道上呢？我想，赵K不知道暗地里笑了多少回。

一个非常有意思的现象是，比较赵K“抄袭”的篇目，他所改换的小说标题，绝大部分优于原作的标题。比如，《谁能说出真相》优于《亲爱的生活起了变化》，《无羽之鸟》优于《远去的红气球》，《我们都没有翅膀》优于《行走在乡村的爱》。我想，赵K在心里肯定瞧不起他们——尽管他顺手就把他们的东西拿来署上自己的名字。

赵K也许习惯了这种更换标题的工作。也许他早已厌烦，只是停不下手。图书馆里那一摞摞的杂志的确让人对当下文学失去了信心。每每看到那些小说，我也想拿过来给他们修改病句、过于夸张的形容词、矫揉造作的语言和毫无意义的叙述，或者像赵 K 一样，帮他们修改标题。比如那种“滥抒情”的过于冗长的小说标题，《鸽子飞翔在眼睛深处》《在水仙花心起舞》《当鱼水落花已成往事》之类。他们永远不明白，无论是艺术还是哲学，朴素永远是最高层次的追求。也许就是这种对当下文学现象的厌烦，使赵 K 丧失了写作的冲动：看不到让人兴奋的东西，也没有让人摩拳擦掌、一较高低的对手。于是，他只好去做他的改标题游戏。

赵 K 的表演注定会获得成功。他知道他的游戏早晚会被人们看穿，而且，那些代表正义的人最终会参与进来与他共同完成这个游戏，从而使之成为一件完整的行为艺术作品。

现在，赵 K 的目的达到了。他得到了他想要的。人们在愤怒，在指责，在谩骂，在把整个表演延续下去。而赵 K 离开他们，一头把自己埋进人群之中，暗暗发笑。

2008 年 10 月 22 日

雾气弥漫的旅程

《最好的旅程》是一本好读的书，也许是赵松所有书中最好读的一本。相比于稍后那本迷宫般的《积木书》，前者至少有一条比较明晰的主线。相同的一点是，它们明白晓畅的叙述可能会有一种危险：将读者引向晦暗不明的所在。当然，这不是绝对的。至少，无论是从表面看起来，还是它实际上想要展现的，都是关于心灵与身体的双重旅行。但即便如此，你也不要指望能一眼就望穿它的来路与去向。它精心编织的结构设置了一重又一重的屏障或围栏，又仿佛一圈圈逆向的涡流，向一个中心点不停地汇集和荡漾。那中心点正是人的内心。也许他想告诉我们，最好的旅行正是在人的内心深处。正像最惊悚的冒险也发生在同一地点。

而对这本书的阅读也正是一段旅行的开始。它精巧地设置了出发地和终点站：从对于那些伟大而美妙的灵魂的追随，到一本本书——书的平台与坟墓，中间是并不漫长的成长与丧失，各种关系的形成与解体，各种人事与物的变迁。仿佛苏州的某处园林，曲折幽深，移步换景，水尽云起，而别具幽思。事实上，它从来无意于提供一份新奇的旅行地图，它所标注的地点大都在过去与现在游移，当你细看，却又与现实隔了一段距离。甚至，那根本就是业已消逝的风景：耐火厂，宁山路，浑浊的水塘，倾颓的车间，老旧的住屋……记忆中的抚顺与沈阳的某个温馨的庭院。然而地点仅仅是一个符号而已。你会发现这一趟旅行所关注的，其实并不是这些地理上的坐标点，而是单向流逝的时间之河。逝者如斯，终将埋葬我们的过去——无忧的童年，懵懂的少年，不甘心的青年，以及荒凉无奈任凭命运之手拨弄的现在。旅程的指向与终点：死亡。

但是且慢！死亡也会变得令人生疑。阅读为我们找到了他者，于是同样的旅行侵染了每一个注意到它的人：它变成了读者的公有财产。我们参与了作者的成长与迁徙。读者的主体性建构了另一个同样真实的身份。何况，作者又那么充满深情地将我们带到生命的延续之地，再度领略了父与子关系的奇妙与复杂。弑父情结或许正是这种关系复杂性的一个极端例证。父亲的影响勒石般深深地刻入了骨髓之中，给以丧失为其特点的成长带来了焦虑与不安。最恐怖的场景注定发生在某一时刻：你揽镜自照，看到的正是那个逝去的或在头脑中被你杀了一百遍的人。

父子之书使童年的记忆变得幽远而痛切。每一次回首都带着一颗泫然欲泣的心。而现代生活的嬗变在加速，从而使父与子的分野变得愈加渊深海阔。但理解与映照终究是可以期待的，也总会发生——这体现了基因那神秘而强大的力量。父与子的纠缠最终达成和解，生命的延续得以正常进行。这一辑的文字与那些书写童年记忆的篇章，互相映照，互为一体两面。

在赵松笔下，现实图景大都笼罩在一片又一片弥漫的雾气之中，潮湿、迷蒙、若隐若现，仿佛绘画中的印象派，将阳光分解，五彩斑斓。又像超写实画派，将每一个色块做最逼真细腻的描摹：湖水的律动、松鼠的倏然、公园的黑白四季，像月光在眼睛里凝固。他的逼视使真实超越了真实，从而变得魔幻，“看得越是仔细，就越是会觉得有些触目惊心。”当然不是现实物像的勠力临摹，他的印象派笔触所扫过的是万物那不可磨损的塑形——记忆。阿兰·罗伯-格里耶说：“人们一旦接受了记忆，就能毫无困难地接受想象。”的确如此，记忆与想象在大多数时候彼此难辨。说不定，它们就是一回事。想想监狱中的莫尔索（《局外人》主人公）吧。“一个人在这个世界上活一天，他就能在监狱中度过一百年。”记忆与想象的关系大抵如此。

赵松的文字充盈着令人迷醉的诗意。他是一个破解了语言内部秘密的人，一个能从最素朴的字句中捕捉到日常生活的宁静、欣然与诗意的写作者。在模糊与清晰之间，他定义和制造了一道雨帘，把繁华的那一部分世界分隔开来，让水汽氤氲。的确，每一辑中那些精心安置的断章，都是湿漉漉的，弥漫在轻薄的雾中。但你不必睁大眼睛，朦胧的呈现正符合回忆的特征。或许它就是回忆本身。

该怎么形容一本这样的书：每一个叶片都是另一个叶片的阴影。淡灰色的记忆，平静而非疏离的现实，世俗人生变成一种平常心的修习。也许可以这样说：“话语的力量就是这本书的中心旋律（如果存在的话）。”一切都是话语的伸展与收缩：记忆、幻象、现实、梦境，无一例外具有一种鼓舞人心的力量。而这种力量，却往往以漫不经心的方式呈现出来。它没有瞄准你，但你会不自觉地把自己的心捧过去接受锻打。关于人生的无限冥思，在对场景和器物的耐心凝眸中展露无遗。

哦，你终于明白：最好的旅行，确乎不是山川奇景的览胜与惊叹，它只能发生在表面平静暗流涌动的心间，在时光之河与记忆深处，或在一本本凝结着思维露珠的书中。

2018 年

育邦的意义

在当下的文学语境中，育邦的小说集《再见，甲壳虫》肯定是一个特异的存在。除了他和他那些对文学有着相同或相近认识的亲密战友，再不会有人将“中国新小说”的字样印在自己小说集的封面上。这样的标记，再加上相对应的法文目录，很容易使人联想起上世纪中叶的“法国新小说”。但育邦这样做的目的，仅仅是将其作为文学传统的一个部分，并表明自己对小说这一文学体式的思考和创新。他对小说的这种责任感无疑应该得到我们的尊重。

必须清醒地认识到，自 80 年代中期所谓的“先锋文学”潮退旗偃之后，中国小说日益退缩到世俗生活的表层上来，不但其先锋精神丧失殆尽，连小说形式的探索也消隐于无形，导致以刻画人物、编织故事为最高写作原则的传统经典小说表现方式（或米兰·昆德拉所称的“心理现实主义”）大行其道。在一个精神贫乏的时代，小说艺术也不可避免地走向了贫乏之境。近年来，小说对世俗生活的妥协、亲和、抚摸，使小说这种文学样式在愈益世俗化的道路上渐行渐远，并表现出一种虚假的繁荣。这对小说的危害将是致命的，因为对日常生活的抚摸和以假乱真肯定不是艺术创造的目的所在。在这个层面上来考察育邦的小说写作，我们才能抓住问题的实质，才能真正凸显出育邦写作的意义:他的无所不在的“对抗”——与现存世界的对抗，与现有精神体系和文学模式的对抗——表现出一个独立小说家可贵的艺术良知、纯粹的精神品质和自由骄逸的思想状态。

《再见，甲壳虫》收录了两部中篇小说和八部短篇小说。其中中篇小说《身份证》是育邦迄今为止最为满意的作品。小说中“你”“我”“他”三部分各自独立，在看似无关的叙述中以内在的精神气质和语言的推动有机地结构在一起，表现了当下生活中人与现实的紧张关系以及灵魂的失重、精神的异化和身份的缺失。在熙来攘往的人群中，个人成了面目模糊的不完整的存在，成了“只是一个无端走进镜头的人”，被别人“拍了进去，只是一个远远的背景，在半秒钟后就消失了”。这部小说使我感到周身发冷，内心战栗。《镜子》《羔羊的忿怒》《时光》则充分表现了现实的残酷和对人性的压抑，在这样的环境里，人的抗争又显得极其微茫，让我们体会到生命的悲剧性存在。

育邦小说的另一个向度是他对小说形式的不懈探索，当然这首先依赖于他对生活和艺术的深刻体认，对现代小说艺术流变和哲学思潮的谙熟于心。我知道独立出来说形式和探索问题，育邦可能不会同意。因为真正的小说首先要摆脱外在形式的束缚，他唯一关心的只是艺术本身。他生来就是要干这个的——他就是要给那些真世俗和伪先锋一记响亮的耳光，然后沉下心来默默地让小说这种艺术样式沿着它应该走的道路健康前行。

2007 年 11 月

影子的报复

小海的长诗《影子之歌》是一部尚未完成的巨著，诗人已经整理出的部分只是全诗的三分之二，而收入书中的部分则仅占全诗的三分之一。这部堪称浩瀚的长诗，彻底颠覆了我关于长诗在当代存在的必要性的看法。作为一个奇异的存在，作为当代长诗最重要的收获之一，《影子之歌》从落到纸上的一刻起，已经不可避免地完成了它的经典性。

诗歌中的影子，可以追溯到李白的“举杯邀明月，对影成三人”。在中国传统的诗歌秩序中，它是一种诗意的存在，是肉身或有或无的附属，是诗人以空寂自许的对称之物。而在小海的诗中，它与我们构成了一种若即若离的关系：它与我们有关，有时又与我们无关；它伴随着我们，“靠我们的肉身和血气滋养”，却又随时准备与我们对抗。最终落脚在形而上，揭示了影子与我们、我们与世界那种既相互对立又相互依存的关系。用小海自己的话说，一种“关联性的关系总和”。

对于影子，诗人在诗中有许多暂时性认证，但这认证又绝难称得上是定义，因为它常常要靠比喻才能说出：影子是附着于我们身上的祖先——说的是影子的历史和它所代表的过去；影子是肉身的盔甲——说的是身体与影子的具体关系；影子是当面的背叛——说的是影子与人的疏离。如此，就确定了影子这一意象在小海诗中的虚幻化和它所具有的哲学意味。

而这部长诗，可以看作小海对于影子的哲学意味所进行的反复思考。这思考在诗中并不是线性的，它回环，深入，后退，前行，在诗中忠实地记录和再现了小海思考的过程，有探究，有迷茫，有灵光一闪的欣喜，也有穿越重重迷雾的困惑。在诗的第四十八节，诗人写道：

> 在影子与现实的交汇之处，影子即是现实。
> 在影子与时间的交汇之处，影子即是时间。
> 在影子与空间的交汇之处，影子即是空间。

这样看来，影子不但无处不在，而且已经超越了人短暂的生命（虽然诗人也曾提到影子与我们同生同灭），成为“时空与现实交叉处的历史”。

作为同行，我感兴趣的是，影子作为黑暗与夜晚的一体衍生物，是如何牢牢驻扎在小海心中并最终使他写出这样一部专思精深，堪与尼采的《查拉图斯特拉如是说》相较的诗体著作的。在诗的第十三节，诗人自供：“刚刚开始学写诗的时候，/ 光明，黑暗，白昼，夜晚 / 这两组词几乎是出现频率最高的，/ 阴影，影子 / 是时常要蹦出的主题词。”而第二十四、二十六、二十七、二十八、一六二节，则分别写于1991、1992年。由此可以看出，影子这一主体形象其实贯穿了小海由少年到当下的半生之久。所以，设若他不写出这样一部长诗，那实在是对自己生命的漠视。作为一个诗人，这是不可原谅的。或者也可以这样说，这部长诗的出现，其实是影子对小海生命的反作用力——报复的结果。只有把撕扯了他半生的影子（“谁也离不开谁——人和影子”“一个被分开了，成了两半的人”）经由他的思考而诉诸笔端，才能使自己从与影子的对抗达成与世界的和谐、与自身的统一。

奥登曾经声称，“诗歌并不关注告诉人们什么，而关注扩展我们关于善恶的知识”。如果说影子（与光明相对）在一定程度上代表了“恶”（“影子是我们的戴罪之身”），那么《影子之歌》就在解放了小海的同时，也救赎了我们。

谢谢小海。

2013 年 12 月 29 日

灵魂在飘荡

有一本这样的书：在200多页的篇幅里，读者很可能由于找不到情节主线及核心内容而陷入迷惑之中。这本书主要写了一个女人在一年中的出行与漫游。之所以称为“漫游”，是因为她的出行毫无目的可言，连她自己也不知道要去哪里。她去往某个地方，可能只是因为到那里的机票折扣最低，而不是为了观赏某个景点或探访某位友人。那么，她去干什么呢？

简要说来，小说的主人公是这样一个人：女，已婚，和丈夫、女儿生活在一起；患有系统性红斑狼疮疾病；衣食无虞。这应该是一幅常见的世俗生活图景，只是主人公对季节、时序，甚至不同的节气表现出越乎常人的敏感。而在她的内心深处，其实是对时间的敏感、对人生意义的质疑。这种敏感与质疑，对人的不信任之感，使她的神经十分紧张，最终产生幻觉。因此，她有时会觉得身边睡着的，是另一个男人；有时甚至会觉得自己是一只妖，双腿会变成一只动物的尾巴。

她可以长时间地关注一只猫的叫声，甚至跟自己的脚指头说话。那几乎病态的敏感与犹疑，作为她内心的秘密而无法与人分享。为了使自己能够保持正常的心态参与到现实生活之中，她必须不停地四处游荡，“飘来飘去”。

人在路上，心在途中。双脚在大地上行走，而灵魂则在天空中飘荡，无枝可依。可是，主人公真的能够借着“飘来飘去”安顿好自己吗？看完小说，我们才知道，事实并不尽然。一次次的出行，有时看似得到了内心的平静，其实更多的是表现出对现有生活的抗争。再进一步审视，我们甚至没有看到抗争的悲壮，而更多的是一种无望挣扎的心酸。在小说的最后，丈夫和女儿突然在女主人公的世界中消失了，仿佛他们从未来过。是主人公把自己遗失了，还是生活突然发生了噩梦一般的变化？这样的变化，看似无迹可循，其实却有着令人不安的预兆。在她的一次次出行中，在她对现实的怀疑中，在她神经质般的喋喋不休中，阅读者早已有了一种不祥的预感：疯狂寻找的最终结果，恐怕是更为绝望的迷失。

借着自身经历与精神背景的不同，对于我们生存其中的这个世界，每个人都会有不同的认识。即使对于一个单独的人而言，这种认识也很难会是一成不变的：时间终会改变我们自身和我们所面对的一切，包括我们对生存意义的质疑。简言之，在人的一生之中，我们都会经历灵魂出窍的一刻，只是时间不同，主人公不同而已。当然，是否能够自觉地意识到这一点，甚至加以思考与辨析，也就构成了人与人之间的分野。这样说起来，似乎有点过于严肃。我猜想，正是对生存及其意义的这种怀疑，才导致作家邹蓉写下这样一部别致的小说。

在阅读过程中，我感觉到一种久违的快乐。这不是一本讲故事的书，不是一本故意让人感动的书。它简单而又复杂，单纯而又丰饶。多维结构，散点透视，像是一层又一层由玻璃构成的迷宫，恍然看得见出口，又难以顺利地找到出路。这样的结构，加上邹蓉梦呓一般的叙述，使得这部长篇小说成为一本独特和少见的书。事实上，它让我不止一次想到伍尔夫的经典之作，还想到迷人的帕特里克·莫迪亚诺。我的意思是，不要被它的装帧所迷惑：在它稍显香艳的包装之下，其实有着一颗严肃的文学的心。至少，一位中国作家这样来写作一部长篇小说，我还是第一次见到。

2012年2月28日

A–O：周亚平

A / 从 20 世纪 80 年代开始。周亚平的写作开始于上个世纪 80 年代，而且必须开始于上个世纪 80 年代。写作是一种宿命。何时开始，何时结束，写什么样的作品，固然带有诗人自身的根本性，也不可避免地受到时代的影响与激发。因此，周亚平诗歌的先锋性与探索气质，皆得益于那个文艺思潮风起云涌的时代。先锋小说也好，先锋诗歌也罢，都只有在彼时才能得到广泛的阅读与拥护。1987 年左右，《诗歌报》搞过几次诗歌大赛，其中都明确标出了“探索诗”奖；上海文艺出版社出过一套“文艺探索书系”，其中包括《探索小说集》二册及《探索诗集》《探索戏剧集》《探索电影集》等。探索，意味着对既有文学形态的不满，体现着诗人、艺术家的自由意志与创造精神。

B / “朦胧诗”。

现在看来，当年的“朦胧诗”事件表面上发生在诗歌界，其根本之处却是有关人的觉醒和个体意志的复苏，最大的贡献在于对思想领域的冲击。如就诗艺和诗歌的现代性而言，尚比不上三四十年代的“九叶诗派”诸诗人（对波德莱尔、奥登、瓦雷里、里尔克等人诗歌的研究与学习使他们较好地实现了与西方现代主义诗歌的对接）。真正对诗歌本体的着力思考与有价值的贡献，则只能等待他们的后来者——

C /“第三代诗歌”。“第三代诗歌”运动是一场真正起自于诗歌内部的运动，不管是“诗到语言为止”（韩东语），还是“诗从语言开始”（杨黎语），都体现了对先前的“朦胧诗”与政治抒情诗的彻底反叛：祛除附加其上的政治意图与教化功用，让诗回归自身，回归日常。这种对诗歌的艺术性的追求与认证，可以与瓦雷里提出的“纯诗”概念，与 20 世纪 20 年代中国的象征派诗人李金发、穆木天及其后的梁宗岱提出的“纯诗”理论遥相呼应。当然，无论是对诗歌的认识、突破还是写作实绩上，第三代诗歌都已实现了超越。

D / 周亚平。这样的分析之后，再来看周亚平诗歌就有了一个比较好的切入点。周亚平开始写作的年代，“第三代诗歌”运动方兴未艾。在他的早期诗作中，我们不难发现他已经抛开传统的诗学观念，在自由之境左冲右突，试图建立一套全新的诗歌美学。《故事马·红木柴》等实验文本所体现的，已经难以用才华这样的字眼来形容，而只能是诗歌观念的突变。亦可称之为——

E / “观念的诗歌”。“观念的诗歌”之所以被称为诗歌，依赖于作者对诗歌本体的理解与对日常诗歌观念的超越。同时，这也是一种放弃读者的写作。在阅读过程中，我们只能感觉到作者在写作时的快感与激扬，而对其中的意义则难以索解。的确，周亚平已经将意义、意境等传统观念统统悬置。那个正在奋笔疾书的他，脑海中鼓荡着的，只有一股股汹涌的“连续不断的词语之流”（苏姗·桑塔格语）。此刻，那个正在写作着的周亚平是被动的，他的全部任务只有一个动作：写。只有把那些词语的河流搬到纸上，才能不至于将他淹没至顶。

F / 自动写作。一个天才的诗人会有很多这样奇异的时刻：

自动写作。诗意弥漫心间，词语列队到来。诗人不假思索，不事苦吟，即可下笔成章。但在这里，最重要的是你在这股词语之流中该如何选择。词语滔滔如流，不可抑止，你的选择决定了你作为诗人的层次与高度。或者说，选择证明着你是天才的诗人还是庸俗的写手。对真正的诗人而言，诗歌的标准是自在的。

G / 语言诗。如果诗歌是有标准的，在周亚平心目中关于诗歌的唯一的标准，也许就是语言。诗歌，是由语言构成的。仅此而已。1990 年，周亚平明确提出了自己的诗歌主张“中国语言诗派”。也正是在这一年，起源于 1970 年代的美国语言诗派被第一次引入中国（张子清:《二十世纪美国诗歌初探》)。我没向周亚平求证过，当他得知在大洋彼岸还有一些与他们观念一致的同行之时，内心是自豪还是不甘。

H / 语言本体论者（一）。在其他诗人那里，诗和语言总是有一种说不清道不明的关系。在诗人杨黎那篇著名的《杨黎说：诗》中，更是显得扑朔迷离，难以把握，最终只能通过“通灵”来解释：“当它面向人时，它是语言；当它面向‘仙’

时，它是诗。”而杨黎在此的最大贡献，是明确提出了“诗和语言是一种东西”“诗和语言是平行的”。与杨黎不同的是，周亚平一旦明确了自己的诗歌主张之后，就不再进行过多的思辨。周亚平的诗歌不管在别人看来多么难懂，而在他自己，却是一种确定性的诗歌。

I / 语言本体论者（二）。以语言作为本体，而不是写作诗歌的工具，这是语言诗派跟其他写作的最大不同。语言不再具有表达思想与体验的功能，它只关注它自身，完成它自己。言说一旦完成，诗歌也就结束。而言说的能指与所指的对应关系也显得支离破碎，它们以非逻辑、非理性的方式排列组合，表达着只有“仙”或通灵者才能明了和会心的晦暗诗意。周亚平的诗歌写作是拒绝平庸的写作，是纯粹的、高尚的、脱离了低级趣味的写作。而这样的写作注定使他与人民大众的审美趣味无缘。在论及周亚平的时候，诗人韩东一再使用“孤绝”这个词，的确是其来有自。

J / 形式主义诗学。艺术即有意味的形式（克莱夫·贝尔语），这句话不仅限于绘画作品，对诗歌同样有效。作为诗歌的先锋派，周亚平早在20世纪80年代就与他的诗歌战友成立了“形式主义诗歌小组”，进行着他心目中的形式主义诗歌实验。《故事马》系列是如此，《苹果和艺术25首》更是这方面的代表作。后者由25首诗联结在一起，有的有题目，有的仅有编号，它们在内容上绝不相关，在气息上却又紧密相连，你可以认为是25首诗，也可以认为是一组诗，甚至可以认为是一首长诗。而只有短短四行的《银匠铺子》（叫声师傅 / 打把锁 / 送给我的妻子 / 顾红柳）则把“形式与内容”的关系诠释到极致。到了近作《描述非导看到的景象》，则将影视脚本的形式引入诗中，将雪和雪山的远景、近景逼真地呈现在读者眼前，使诗歌在某种程度上具有了可视性。

K / 拆汽车游戏。从汽车的尾部 / 挨次拆下汽车的零件 / 拆到第几步 / 汽车不能开走。这是周亚平诗歌《语法》的全部内容。阅读一部分周亚平早期，也即80年代末的一部分诗歌之后，再来看这首诗，我觉得它揭示了周亚平写作的秘密之一种。在他的“形式主义实验作品”和“语言诗”中，我们都可以看到这种“拆汽车”方法的运用。像一个儿童在拆汽车玩具，他是创造着的，又拥有一种破坏的快感，还带着恶作剧的心情。

L / 隐逸之年。1994 年之后，周亚平从诗歌界隐匿，长达 13 年之久。有论者认为这些年他放弃诗歌是职业工作的繁忙所致，其实从深层次来看可能并非如此。作为一个同样曾经停笔经年的诗歌同行，我对周亚平此种现象的理解有三。一是源于他对当年诗歌现状的不满。一些人“各立山头，巧取豪夺了当代诗歌实验的荣誉和果实，在我看来不少作品却不忍卒读……那些假装的桂冠诗人把诗歌带离了现场，带回了学院”。这段话虽然出自他写于 2012 年的文章《生死不明：被诅咒的诗歌》，说的却是始于 20 世纪 90 年代的中国诗歌境况。由此，可以想见他曾有过的愤懑与失望。二是他的诗歌写作经“形式主义”和“语言诗”的实验之后，逐渐进入一种孤独之境。“先锋派就是自由”（尤内斯库语），而这自由不是没有代价的。自我怀疑，前无友人后无来者的孤独之感，都是吞噬一个写作者的耐心与持久力的毒虫。三是当他的写作从“简单的诗”时期转入“复杂的诗”时期之后，他的诗歌把他带入由诗或语言本身构筑的迷宫之中，或者说，他迷失在自己的诗中。卡夫卡的三部长篇小说都是伟大的未竟之作，这样的作品是不可能完成的。这一点，正像周亚平与他的诗歌写作。在读了《大机器》和《俗丽》，尤其是《吉姬小姐与香》等作品之后，我觉得周亚平的停笔是一件多么顺理成章的事情。

M / 周亚平与埃利蒂斯。在了解了周亚平的写作经历之后，我不止一次联想到希腊诗人埃利蒂斯。埃利蒂斯在 1946 年写完《英雄挽歌》之后，同样离开诗歌创作整整 13 年的时间，直到 1959 年才恢复写作，完成新作《理所当然》。而且，埃利蒂斯曾经两度担任希腊国家广播电台的戏院节目主持人，与供职于中央电视台的周亚平在职业上也不无相似之处。埃利蒂斯获得诺贝尔文学奖，是因为他的作品中“展现的自由与创新精神”，而这也正是周亚平的诗歌追求和他的作品所展露出的面貌。

N / 归来者。2008 年，周亚平重新恢复他的诗歌写作。用他自己的话说，这之后的诗歌写作由停笔之前的“复杂的诗”，重又“复归简单的诗”。其实用“复归”一词不尽准确，因为他重新写作的诗歌已经不复先前的“简单的诗”的形态。现在，他已经把他之前的“形式主义诗学”和“语言诗”的概念统统放开，以完全自由的方式直接抒写自己的内心，以及内心观照到的现实。他已不再拒绝“语义”，也不再以“拆汽车”为乐。那些碎片式的、拼接的、蓄意制造的陌生化和疏离效果，以及由此带来的新奇之感，已经不再能引起周亚平的兴趣。《描述非导看到的景象》《乌鸦不会被视为神明》等诗歌的自由，和弥漫其间的闲适、朴素的气息，比之他从前的“探索”更为自然和迷人。

O / 结尾。我还是忍不住引用周亚平的一首诗作为这篇文章的结束，它是如此让人心醉神迷，以至于每读一遍都让人口舌生津。

在群山
中的鸟群，
与纸堆
中的苍蝇，

有何不同？

没有。

——《白雪已积满群山》

2013年11月8日

诗歌伦理与道德至善

——朵渔诗歌的精神向度

我与朵渔的交往起始于一场关于诗歌的争论。基于对某些诗歌问题的不同认识，我们书信往还，交流、应答和“商榷”。可以说，那一段时间我非常兴奋——那种终于可以逮到一个对手“互掐”的兴奋，以至于有的朋友以为我就要和朵渔“打”起来了。有一次杨黎问我，你是不是和朵渔“打架”了？它所导致的唯一后果，就是我和朵渔成为相互信任的朋友。从那时起，我一直密切关注着朵渔的诗歌写作，想看看他最终会把自己逼到什么方向上去。诗集《追蝴蝶》无疑提供了一个很好的观察视角，而它按时间编排的体例也为这种观察提供了便利。

与许多诗人一样，朵渔有过明亮的青年时期。那时候，他写青春飞扬的诗，交游、朗诵、聚会，放言无忌，甚至成为“下半身”团体的中坚，“年轻而又闪着光芒”（于坚语）。

即便“生病，越冬”，他的心中也还是“高原上”“河流的终点”“普遍的土和大片的沙”“祁连山连绵的阴影”“黑犀”这些高远之处和强壮有力的生命。那是年轻人的向往和襟抱。“野榛果”在他的眼中是“小乳房纷纷滚落”；乌鸦则“俨然这个城市最快乐的国王”；而黑犀，“该减减肥啦”；还有“那被黑犀操过的母犀是多么风光”。这一个时期的朵渔尽情挥洒着他的才华，仿佛整个世界也不在话下。我很喜欢朵渔这个时期的诗歌，本真、直接、鲜活，富有生命气息。如果他就这样写下去，当然不失为一位优秀的诗人。可是，作为一个不满足于“我们时代的精神状况”的思考者、不断体味到当下生活的“耻辱性”的诗人，朵渔的精神变迁理所当然地影响到他的诗歌写作。

大约从2004年起，朵渔开始堕入沉思之中。由简洁的诗句、跳跃的诗思，逐渐演变为絮絮叨叨的倾诉。这表露了他思想上的犹疑和踯躅。先前那些明亮的部分逐步变灰，顶多如铁器在黑暗之中的反光。我想，这应该是一个诗人前行途中的必经阶段。在这一个时期，他写了大量的赠友诗，给浩波、给南胖、给老金、给小尹、给师江。越是在孤独之中，越是想念自己的朋友；越是陷于个体的“思”与沉默，越是怀念从前的“集体”生活。可是，他面对的是无人可挽救的个人的深渊，只有“自我”这一苇可渡。他写给妻子、小妹，甚至，多次写给儿子——自己的另一副面孔或未来之寄托者。这一组诗中，最好的一首是《耳轮——写给儿子》，清晰、透彻，带着浓重的感情和体温。而有的诗歌则显得思虑重重，如他一首诗的题目所说，“字斟句酌，有些无奈”。这无奈当然不是字斟句酌的结果，而是源于思想的转变。他不再满足于在诗歌中抒写青春的激情和迷惘，他竭力想要弄清自己究竟为什么要写诗——当用诗来完成什么样的使命，而不是“为写而写”。如果说那些是写给朋友，毋宁说是写给自己——借以来整理自己的思绪。这一时期的诗歌，不可避免地较为松散、拖沓，呈现出他内心的某种不确定性。

应该说，《2006年春天的自画像》一诗，既是前面一个时期的终结，也预示了下一个时期的开始。在这首诗中，朵渔终于看清了自己的内心，也明确地找到了自己的敌人。面对“无穷无尽的巨大的耻辱”，他决意突破“诗的虚伪，诗的狭隘”，“像一枚光明的钉子，嵌入/城市肉体的深处，揭示着/空洞、冷漠/和卑微的真相”。必须注意到“耻辱”这个词，在朵渔以后的诗歌写作之中，这个词将以较高的频率一再出现。在某种意义上可以说，这种耻辱感已经成为此时朵渔写作的动力与根源之一。因为有耻辱，所以揭示出时代的真相。目的明确了，“敌人”也就凸显在面前。所以，我认为朵渔是一个有“敌人”的写作者。他的胸中始终在酝酿着一场与时代的搏斗：一个诗人个体与“竖起的一堵墙”的搏斗，一个人与庞然大物之间血与火的战争。——何其悲壮而动人！就像那位挑战风车的堂吉诃德先生，朵渔让自己的写作变成了一项具有强烈的悲剧感的壮烈行动。正是这种无处不在的抗争，保证了朵渔诗歌写作的先锋性。我得说，朵渔是被逼出来的先锋，而不是一个天生的先锋派。因为在骨子里，朵渔是“慢”的，他的根始终扎在鲁西南那片凋敝的乡村，他的血液里流淌着这个民族几千年的历史与传统，对于城市，他似乎有一种本能的反感与排斥。但是，作为一个思想者，或者如他所说的“大于知识分子”的诗人，朵渔总是时刻想到自己的责任，哪怕有时内心充满迷茫，“常常迷失于 / 自设的棋局”，他也不愿停止自己的思考、质疑与对抗。《妈妈，您别难过》这首感动了很多人的诗，与其说是写给母亲，不如说是写给他自己的。“所有的工作，看上去都略带耻辱 / 所有的职业，看上去都像一个帮凶”，所以“我开始与人为敌”。这样的解释与说辞肯定不能得到母亲的理解，反而会增加她的担心。朵渔在诗中反复呼唤“妈妈”，也许并不是真的想告诉她自己所想的一切，而只是为了让这个词和它所代表的实体——赐予自己生命的母亲，再次给予自己抗争的勇气和力量，去与他为自己设定的敌人展开正面肉搏。

那么，接下来的生活该如何度过？朵渔终究不是一个战士，不可能每一天都枕戈待旦。那么，在日常生活中，如何实现由精神的彼岸向生活的此岸可能而恬然的转化？也就是说，如何在俗世中安放下自己的肉身而又不致做出某种不情愿的妥协？——那就是虚构！这是朵渔找到的一条便捷的通道，一个可以忍受的释放口。虚构并不等同于幻想。幻想是出神的，虚构是入世的；幻想有时带来麻醉，而虚构却令人时刻警醒。对于诗人来说，虚构只是其心灵的暂居地，而不是其精神永久的栖居所。有什么办法呢？作为介入其日常生活的方式之一，这种虚构虽然略显消极和无力，却不能不说是一种缓解精神重压的有效手段。他虚构童年，因为童年已经逝去；他虚构老年，因为老年尚未到来；他甚至虚构梦境，因为梦并不总是能带来美好；他虚构平原，因为平原上的生活不能为他带来崎岖和变化；他虚构雨季，因为那“没完没了的雨”

让恐惧“再一次大过了生活”；他虚构站台，因为生活中总是充满了生离死别；他虚构热情和寂寞，因为这样的情绪总是令人生疑；他虚构银河，因为他找不到一个遗世而独立的“乌托邦”;而他那“最终的虚构”，则是对他人生活的“再一次经历”与“重现”——作为一个阅读者，似乎这种“纸上人生”总是可以带来暂时的宁静。我说这是暂时的，因为对朵渔来说，要想不被“低水平的对手扼住”，肯定还要将这来之不易的宁静亲手打破。

诗集的最后一辑名为“愤然录”，十分恰切。经由前面的反复思量和酝酿，朵渔终于发出了自己的愤怒之声。“多少毒液，如甜品……”，麻醉着人们本已迟钝的神经，在这种普遍的死寂之中，我们需要有人站出来说出真相。朵渔不是要在诗歌中寻求真理——因为真理往往也是虚构的——而是要通过诗歌寻求掌握真理的力量。从诗艺上来说，那首广为称颂的《今夜，写诗是轻浮的》也许并不是关于那场地震的最完美的诗歌，但却是最有力量的一首——那种质疑的力量！让人心生羞愧的力量！我相信我们的大多数所谓诗人在这首诗面前曾经脸红过——那些笃信“地震诗”必将进入诗歌史而哄抢着对地震抒情的无耻之徒，那些高叫着“国家不幸诗家幸”的混蛋……他们永远触摸不到真正的诗歌的心跳，因为他们的心早已经被各种各样的利欲消磨殆尽，成为一个个的空心人。

如此，一个问题不可避免地出现了：朵渔这种强烈的道德感和伦理意识有没有可能损伤到他诗歌中的审美质素？如果答案是肯定的，那么朵渔作为一个诗人如此倾心于道德评价是否有点得不偿失？这个问题十分复杂，而且难有一个清晰的令人满意的解答。我觉得，从审美的方向上来说，朵渔早期的诗歌无疑更为自足、从容、充满信心，和无限的可能；而后期的诗歌则总是有一种表达上的急促之感，或曰“紧张”，或者干脆就是：紧。但是，这和他的思想之脉与思路的进展是一致的。在朵渔近期的诗歌之中，我们几乎看不到“情爱”之事，看不到青春甚或中年的胡闹和调笑，有的只是历尽沧桑、渡尽劫波之后的自嘲与调侃。我们甚至再也看不到他写别的女人（这与他当初的“下半身”立场多么不同）。即便在《青山》这样的浪游诗里，也挤下了“灵魂”“革命”“敌意”这样“扎人”的字眼。毫无疑问，写出一首轻松的、自如的、漂亮的诗歌，对朵渔而言并非难事，我们只能说，他志不在此。也许在他看来，作为一个诗人，作为一个思想者，仅仅在诗歌中抒情是远远不够的，也是不负责任的。与一首美而轻的诗歌相比，我们这个时代更需要一种狂飙突进般的力量，去履行启迪和唤醒的职责。在最近一期《诗歌现场》的编后记中，朵渔详细论说了“德性”——一个久违了的词。他说：“要想获得充分的意义，诗人就必须以一种有节制的绝望和充分的耐力与时代对峙，并从最基本的人性中寻找拯救心灵的力量。”至此我们可以明白，这才是他真正的属意所在！一个中国诗人在现代的都市丛林中发出的“旷野呼告”，与一百多年前的天才诗人荷尔德林遥相呼应。

诗歌（艺术）的伦理与道德准则问题，近百年来争论不休。每一个清醒的诗人大概总是会不可避免地陷于这个泥沼之中。从内心来说，我更倾向于艺术的审美性要求。因为单独针对某一件具体的艺术作品，其审美的意义也应该超越于道德审判。但是，作为一个诗人、一位艺术家，如何直面自己所生存的时代，如何处理好自己的写作与时代之间的关系，这是一个大问题——它关乎一个诗人的胸怀、气度，关乎一个诗人的责任，和朵渔所说的德性。也许，超越时代的写作只是一个理想？对于一个尚活着的人，不可以没有生活的烟火之气，也不可能不被自己生存的时代所逼迫和夹击。所有的写作，都是在时代之中的写作。冷静地质疑，独立地批判，不被时代的泥沙裹挟而去，应该是每一个优秀诗人最重要的素质和最基本的立场。也许在朵渔看来，在我们这样一个“什么都可以拿来交换，什么都可以拿去出卖，什么都可以伸手取得”的“杂语喧哗、犬儒盛行、成功至上、恶的质素四处蔓延的庸俗时代”（朵渔《德性》），奢谈审美，这本身就是一种背德的行为。所以，在大部分诗人还津津于诗歌之“轻”，还营营于“搞圈子、争地盘”，还执迷于“传统”还是“先锋”的争论之时，朵渔已经承担起一个时代的精神重负，像一个诗歌圣徒一般毅然决然地走向了一条荆棘丛生的求善之路——不在乎自己的身边有没有战友，也不在乎自己的声音能否被这个喧嚣的“时代”所听见。

2009 年 11 月 25 日—12 月 4 日

诗歌碎语录

下落不明与郁郁寡欢。现在，我经常想起自己近十几年来的生活。普珉在一篇文章里说：邵风华曾经是一个文学少年。这句话使我再一次感到时间的砭骨。2002年的一个夏夜，我与普珉、张清华、孙磊、瓦当等在济南玉涵路的一个茶馆里品茗聊天，直到凌晨两点。那一次，普珉又借我多年前一篇回忆性的文章说起我们的旧事。在普珉的印象里，我是“郁郁寡欢地离开了学校”。

是啊，郁郁寡欢。这个词是如此准确地说出了我当时的心境。时间，是1990年夏天。而在接下来的某一天里，我忽然在诗歌和朋友们的身旁消失了，我成了一个下落不明的人……

抒情。诗歌的抒情性原则仿佛被弃置已久，在很长一个时期里，人们耻于谈论抒情，似乎那是初学者的标志；所谓

“冷抒情”“反抒情”等概念一度流行。但我依然固执地相信诗歌的抒情本质，正是抒情构成了诗歌写作的必要。抒情性的丧失，无论如何不是一个值得炫耀的成就。

风格，或辨识度。风格是一个有着巨大迷惑性和诱惑力的词。我不知道有多少人已被它毒害。我对所谓的风格始终心怀警惕。真正有着诗歌良知的人终将证明我是对的。我不信任任何一个诗人形成“自己风格”之后的作品，因为我明白：风格就是不断地重复自己。

风格，在更多的时候被当作是一种工具——易于被别人辨认的工具。一个便于被他人认领的标签。但在我看来，旨在形成某种风格的写作是一种策略性的写作，一种投机行为。也是一种媚俗。

既然我们身处的世界是不断变化的，对应于这种变化，我们看待和理解世界的方式也应是不断变化的；因此我们的诗歌写作也就必然是不断变化的。那么我们就没有理由老是去写同一风格的诗歌，去提高什么辨识度。否则，就会距不断变化的现实和我们内心的“真相”越来越远。

我曾花很大的精力来思考有关风格的问题。在苏姗·桑塔格和叔本华关于风格的论述中，我都没有找到我想要的。而最近我看到了弗罗斯特曾对帕斯说过的一句话：“不存在诗人的风格。一旦你获得了风格，文学也就取代了诗歌。”

我觉得我一下子找到了老弗罗斯特这个知音。

风险与保险。敢冒风险的人总是令人肃然起敬。风险来自于对时代的突围和对自我的突破。它依赖于写作者犀利的目光、卓然的清醒和无畏的坚定。尤其对一个已经取得一定成绩的诗人，这需要更大的勇气和鱼死网破般的凛烈，其所秉持的是一种对诗歌负责和献身的精神。

而保险总是与因循和沉闷连在一起。我看到很多人在写作一种“保险”的诗歌，不敢越雷池半步。他们当中，有先前的“诗歌斗士”，而今年老力衰或未老先衰，成为谨小慎微的可怜虫；有一些是囿于自身的悟性和机缘，始终不能得窥诗歌的“真相”的平庸之辈；还有一些是深谙策略、八面玲珑、左右逢源的投机分子。

“为什么写”。在真正的诗人那里，“为什么写”永远比“写什么”和“怎么写”重要。它们本不是一个层面上的问题。“写什么”是题材和着眼点，“怎么写”是技术和修养（其实说到底，“写什么”和“怎么写”是一致的），而“为什么写”则是关乎灵魂的问题，是对于写作的认识的问题，是写作的自觉性的问题。

先锋。每一个自觉和清醒的诗人都必须思考这个问题。欧仁·尤奈斯库说：“先锋派就是自由。”他也许只说对了一半。先锋必须要有所发现，或有所发明。它提供一种新的观察世界、理解现实的方法和途径。它也让我们重新认识我们自身。

先锋可以是往前的，走在众人的前头；也可以是向后的，从古典中发现和出新；先锋更是对现存秩序的无畏反抗。先锋要时刻保持自己的先锋性是不可能的，没有人能一直先锋下去。先锋不仅是一种精神和姿态。先锋在大部分时候是痛苦的，而不是快乐的。因为在它面前是黑暗，在它周围也是黑暗。先锋到达的是人迹未至。

先锋，其实是不自由。

诗歌与散文作品。苏姗·桑塔格说：“在文学经典的二分法系统中，诗歌的地位一向高于散文。诗歌代表文学中最严肃、最能启迪心智、最富激情和最令人渴慕的一个方面。”她说的是整个世界文学的传统。弗罗斯特曾为诗下过一个定义：诗就是在翻译时从散文和韵文中消失的东西。他看不起散文作品，而且除了与友人的书信，从来不写作散文作品。布罗茨基甚至幸灾乐祸地说：“一个缺钱的诗人可以坐下来作一篇文章，而处于同样困境的散文作家，却几乎不会想到要写一首诗。”这句话让人拍案叫绝。所以他得出的结论是：诗人原则上“高于”散文作家。

乡村。在现代诗歌美学中，乡村情结是一种至极的剧毒。无色，无味，无体，伤害我们于无形之中。当前有着太多假乡村之名招摇的骗子，他们充斥于各个角落，靠展示卑微的生存状态博取同情和怜悯，用虚饰的乡村元素唤起人们的寻根情结和思乡意识。他们看起来像土地一样朴实，其实有着农民式的狡黠。他们正在为莫名其妙得来的名声而暗自窃喜。诗歌中的乡村就毁在他们手里。

方言写作。我把我的写作归结为“方言写作”。我在方言中长大，方言把我腌透了。而普通话是一种苍白的语言，它的单调抹杀了它的表现力。它也是一种与灵魂无关的语言，不适合于思想，只适合于表演。

季节。诗人对季节无疑是敏感的。年轻时代，我的大部分诗歌都是在秋天写的。但随着我进入生命的秋季，反而对春天有了更深的体悟。一个诗人在不同的季节可能会写出不同的诗歌。

诗评家。我毫不掩饰自己对于诗评家们的失望。他们绝大多数根本不能做出恰如其分的诗歌批评：普遍缺乏真正地进入诗歌的能力。

真正有意义的和有效的诗歌理论，都是诗人自己提出来的。比如“诗到语言为止”（韩东），“诗从语言开始”（杨黎），“拒绝隐喻”（于坚），等等。

加速度。我看到过一直在加速的诗人。我的朋友中就有一个。他每天都把自己拧得很紧。在他那里，诗和生活是合而为一的。但如果说是他的真诚打消了我的怀疑，还不如说是他的敏锐取得了我的信任。我竭力不给他一丝伤害。但我不能不说，我一直在等他慢下来。

“一切严肃的东西都是慢的。”在秋天，一片黄叶的飘零也是慢的。那里有思考的力量，而思考也是慢的。

智性的诗歌。智性的诗歌其实是一个伪命题。诗歌从来不依靠智性而存在。所以，当有人吹捧某个诗人的诗歌的“智性”时，我总是窃笑不已。

身体。对身体的关注在目前被提高到一个空前的高度，但也把身体带入了一个危险的境地。必须对此心存警惕。

头条诗人。如果有人经常在刊物上位居头条，那表明他的创造性即将终结。

松与紧。松，是一种气度；紧，是一种精神。一松一紧之间，有着一个优秀诗人的大部分秘密。

明朗。明朗是我对诗歌最基本的要求。诗歌的明朗说明诗人思维的清晰。想不清楚的事不会说明白。因而那些把诗歌写得晦涩难解的诗人，一方面源于自身的混沌，一方面则是心虚的表现。或者，他可能根本就不知道自己想说些什么。

普鲁斯特说：反对晦涩。

优秀的和重要的诗人。这是两个容易混淆的概念，但它们是不同的。一个优秀的诗人是正在生长的诗人，是活的、有生命的诗人，甚至可以一直长成伟大的诗人；而重要的诗人则是完成了自己的诗人，他可以不必再写，因为他的重要性已经宣告了他的终结，使他成为过去时代的某种象征。

失败和缺陷。我是怀着敬意写下这两个词的。对它们怀有这样的感情，不仅来自我对生活和诗歌的认识，还来自两个我尊敬的朋友，岩鹰和小海。岩鹰说他所有的写作就是为了证明人生是失败的。因此，他常常故意在一首诗中留下败笔，然后再兴高采烈地告诉朋友们。而小海则觉得，一首诗中的缺陷，到一定的程度就会是一个可贵的品质。我知道这是他们的真实想法而并非故作惊人之语。也许，只有残缺和失败才是我们唯一能够做到的事情。

自信和怀疑。对于一个写作者来说，自信也许称不上一种可贵的品质。自信固然源于内心的强大和对自我的判断，但一个真正的天才却常常是不自信的，充满了对自身和对世界的怀疑。也许还有一部分原因来自他的孤独。卡夫卡是不自信的，所以才委托好友把手稿毁去；托尔斯泰也是不自信的，所以才在《复活》写到三分之二时还几次想将其付之一炬。必须记住的是，自信往往与无知结伴而行，过分的自信则等同于内心的虚弱。

2005 年 4 月

文学絮语集

我想要写的，是那种不容易被注重故事的可读性和作品的社会意义的读者所接受和欢迎的小说。——这是由我自身的骄傲所决定的。

读一个诗人的诗，不要看他的全集。读一个文学大师的小说，则应该看他的全部作品。最好，还要按时间顺序来读。

现代文学，而不是当代文学。前者说的是作品的内涵和本质，后者说的是作家写作作品的时间。

海明威从未在自己的简介里注明参加过第十届和十一届巴黎“斯泰因艺术沙龙”，或美利坚作家代表大会。

罗伯特·瓦尔泽只有在贫病交加时，才会长途跋涉去参加作品朗诵会——为了得到不多的出场费来维持最基本的生活。

我的目标读者不是普通读者。我对普通读者没有兴趣。因为艺术之所以成为艺术的那种技巧和美妙之处，不是普通读者能够领会的。

到目前为止，我写作和发表的不多的小说都得以逃脱更多人的关注。我为此而感到庆幸。

在一个既写诗又写小说的作家，和一个只写小说不懂诗歌的作家之间，我信任前者。

文学是语言的艺术。这句话太老了，每个人都会说。但在阅读、批评和创作的时候，他们却忘掉了这一点，转头去追求或新奇、或具有某种社会学意义的情节，而把语言的锤炼弃之不顾。所以，大多数浮在面上的故事家，语言关都没过。

真正能够长存的，是那种严肃的、庄重的，有关存在与人的灵魂的文字。“即时文学”会很快被消费，也会很快被遗忘。所以，把诸如“某某写作”“几零后文学”等加在文学之前的无聊前缀统统去掉吧。

任何一个组织都无权对文学写作指手画脚。文学不能听命于任何权力机构的指挥棒。因为它的使命是质疑和抵抗。

一个真正的诗人，一个将诗歌当作自己心灵和情感表达的人，不应该拿自己的作品去参加什么诗歌大赛。我将之看作对写作者自身情感的亵渎。反过来，那些参加大赛的诗歌，往往是无关情感的命题作文，它们已经不配称作诗——一般来说，它们真的不是诗。

对于一个写作者来说，在黑暗中沉潜，在寂寞中锤炼手艺，是十分必要的，甚至是最为重要的。何况，当你写得还不够好时，你发表得越多，就是把你的“差”更多地展现在众人面前——还有比这更傻的事吗？

毫无疑问，米开朗琪罗堪称最伟大的雕塑家，他遗留下来的每一件作品都是稀世珍宝。可是我想，他不可能一开始就能件件都做得这么好，也不大可能从没有做出过二流的作品，只是，他把它们都放在仓库里或把它们砸碎了，不让别人见到。古人说，良工不示人以璞，就是这个道理。举一个例子，如果我们读一个诗人挑选出的最好的50首诗，会认为他是一个大师级的诗人；读他的200首诗，会觉得他只是一个还算优秀的诗人；如果读他的500首诗，他可能就成了一个相当普通的诗人。

一旦我感觉对于文学的认识和理解，有变得模糊的危险，我就去读克洛德·西蒙和罗兰·巴特关于文学的真知灼见。

在阅读一个短篇小说的时候，我往往并不沉浸在故事之中。相反，我经常忘掉了故事本身，而在那些偶然出现的个别令人心醉的句子上流连，并为之开心不已。——小说在讲什么故事？这个故事有什么教义？我根本没有注意到。一个小说最吸引和打动我们的并非是它有一个什么样的深刻寓意，而是它无法总结和言明的部分。总结中心思想和段落大意，这是语文课给予我们的最大毒害。

生活太魔幻了，只有虚构，才能让我感觉到真实和笃定。

脱离开对作者经历、思想的关注和分析的文学批评，是虚妄的。很多所谓的文本细读，只是妄加猜测、过度阐释，甚至是自说自话而已。贡布里希说，没有艺术，只有艺术家。无论对创作还是对批评，必须深刻理解这句话的含义。

写作当然要与时代发生关系。但这关系是怎样的——是与时代顺时针同流，还是披荆斩棘逆向而行——则体现了写作者的立场和境界。

检测一个诗人、一个作家最简单又最直接的办法，是去检查他的书架。他读什么样的书，就会形成怎样的精神背景。

我对我的诗歌写作并不满意，甚至感到深深的绝望，这是我多年来除去朋友编辑诗选约稿，很少主动发表诗歌的原因。但这并不影响我的诗比绝大多数频频露脸的那些著名诗人和诗歌活动家的作品要优秀那么一点。因此，下面这句话是成立的：凡是认为我的诗写得不好的，基本可以判定他不懂诗歌。

一个诗歌写作者，如果放弃了对语言的锤炼，放弃了对生命的体悟，放弃了对情感的尖锐与疼痛的聚焦，而将从阅读中得来的西方史诗与宗教典籍中的人神作为主人公，作为诗歌的切入点，搬弄词语，卖弄和夸饰，写下种种似是而非、言不及义、无关生命体验与情感历险的意象与词语堆砌之作，妄图依靠语言的陌生化来掩盖自己对于诗歌理解的悖谬，必将离诗歌越来越远。

2019 年

诗人书简（一）

致朵渔：

近来读诗、写诗都少，在我有限的视野之内，找到这些诗，找到了几个可以称之为隐蔽的诗人。我是说，他们在所谓的诗歌界大体上不为人知，有的仅仅在一个很小的圈子里被称道，有的甚至从没听说过。我做此选，是因为看到那些成名已久的诗人，大多在维持一种惯性写作，因袭自己已有的技艺与声名，而难以让人眼前一亮。因此，在陌生者中间读到一些新鲜的诗歌，总是一件开心的事。

臧北，可以称之为一个枯守心灵的乡村牧师。他的诗缓慢、绵长、安静，有一种宗教气息，也不缺乏诗性的质朴。在小海题赠给他的一首诗里，我第一次知道这个名字；而这一次，是第一次读到他的诗歌。伊有喜，所谓荒诞派的成员，但他的诗一点都不荒诞。非但不荒诞，反有一种俗世的温情与命运的苍凉之感。对于诗歌，他有很好的直觉，语言、思维方式都脱离了庸常。史竞舟，女性，年轻，其余不详。她在自己的博客里随性写下一点可以称之为诗的文字，但是，她大概从没有将它们当作诗歌示人。我翻看她的博客，从2006年初到现在，两年零八个月，只有500多一点的点击率，大概除了她自己，很少有人能找到这里。我喜欢她诗歌的鲜活、凌厉，直击灵魂。张3，“橡皮写作”的元老派，“废话诗歌”写作者，在我的印象里，他的生活仿佛除了喝酒就是写诗。他是真正以诗歌为生命的诗人，但他永远都不会自己说出来。他的诗也是他生活乃至生命的见证。针对乱七八糟的诗坛子，他说，一生只做一个“博客诗人”何妨。因此，去他的博客读诗，成了朋友们持久的乐趣之一。

今天上午有很好的阳光，我坐在窗前给你写这封信，就沐浴在这美好的冬日阳光之中，温暖而干净。在我，是一种难得的幸福。岁月忽已晚。2008年很快就要过去了，这一年发生了太多的事，也有太多的一言难尽。而未来，似乎更加迷茫而不可知。谁知道呢？只有在与诗歌相处的日子里，我们才卸下沉重的负累，拥有那短暂易逝的快乐。哦，因为短暂，所以巨大。

遥颂冬安！

风华于黄河口煮砚室

2008年10月31日

致嘎代才让：

齐地的秋天来了，天气一下子清冷起来。我在黄河的最下游，你在黄河的上游，想一想，我们住在同一条河上，就觉得并不遥远。

给你写的那篇小文，在8月初就写好了，但是事情一多，就不能静下心再修订一下。而没有经过再三思考的东西，我对它就心存戒心。所以，还是过一段时间再发给你吧。

我的一位朋友，通过自己的杂志搞了一个活动，评选年度最佳诗集，还热热闹闹地搞了一个仪式。我找来那个人写的东西看了下，就觉得对我的朋友真是越来越不理解了。

我居住在一个毫无诗意的小城，你的情况大概也差不多。

所幸，诗歌是孤独的事业，不需要呼朋引伴。我们只需要安静地生活与写作。费尔南多·佩索阿说：写下就是永恒。

昨晚，一个人去咖啡厅坐了两个小时，吃了点东西，然后看书。可是居然被几个带孩子的妇女和她们的孩子不停地打扰。来咖啡厅哄孩子！荒诞感真是无处不在，让人无处躲藏。

前几天去杭州的朋友处过了中秋，虽然累，但是很兴奋。一年没出去走走，感觉整个人都快锈住了。我们多么喜欢流动的生活，但一直像驴子一样拴在桩子上。幸亏眼睛没被蒙上。

越说越远了。其他的话，都在那篇文章里面。谨祝生活安好，心境平稳。

邵风华

2009年9月26日

致王二：

齐地的初冬已很冷了，窗外的楼群、树木皆抹上一层淡淡的阳光，如此虚弱，仿佛久病的人。在我所居住的黄河入海口，经常会有那种“一个人生活在世界上”的感觉，就像我几年前在一首诗中写到的那样。六月份的时候，把工作辞掉了。就这样先过一阵子再说吧，目前，糊口尚不成问题……近两年出去的机会少了，曾经联系过你两次，均未能相见。想起你的居所和在那里度过的快乐时光，总是让我温暖。而今，就让我一个人独享黄河口的孤单吧。往往是这样，天冷的时候，总是觉得有些无所适从，还有些苦涩，也许是生来体弱的缘故，觉得浑身都不舒服。近日几次陪外地来的朋友去入海口，它的荒凉正与我目前的心境相宜。很长时间了，不能静静地读完一本想看的书，只能找些老电影来消遣。世俗的人生总是充满诱惑，在我内心柔软之时，经常主动放弃抵御。有时会想起你的一句诗，越来越觉得好，越来越体会出你当时的心情：“在异乡，我总是把你的生活模仿得很滑稽 / 听着 beyond，吃着炸糕就辣子”——朴素的爱，让人如此着迷。先说这些吧。找个晴朗的日子来玩。

风华于黄河入海口煮砚室

2007 年 11 月 9 日

致知遥：

多承美意。近两年，我已经对发表诗歌失去了兴趣。不仅仅是写得少，好的刊物也少，让人提不起兴致。只有三两种民刊，可以引以为荣，比如朵渔主编的《诗歌现场》，岩鹰主编的《影响》，当然，还有我编的《诗歌》。

今年以来，越来越觉得，写诗只是一件与自己和朋友有关的事情。不是为了昭告天下人：我会写诗，或者我写得多好多好；你写得好与不好，与别人有什么关系呢？

前几天，突然来了兴趣，数了数，2007、2008 两年，一共写了 50 来首。的确是有点少了。诗歌与资产一样，少了，只能自己看；多了，才能让别人看到。因此，我常常把自己的诗藏起来，心情好的时候，一个人拿出来读一读，就像小偷在数钱。

不过诗歌到底不是资产，所以不是越多越好；写诗也不是为了得到别人的夸赞，就像有的人那样，因为别人的批评而去骂街，显示出自己的无道德。也因为少，所以垃圾也就少——哪怕全都是垃圾，一年也只制造了 25 首。

今天太阳真好，非常开心。有太阳，有朋友，这就够了。如果再读到朋友的好诗，那简直太奢侈了。

祝朋友们都开心快乐。

风华于黄河入海口

诗人书简（二）

致王佩：

好久未通音讯，不知你近况如何。我这边天气渐渐转凉，黄河口的秋天已经来了。有时走在路上，一抬头，就能看见高而且蓝的天空中，白云一群一群地挤在一起，过一会儿，又一群一群地飘走。我想象着海边的芦苇丛中，那些长嘴长脚的鸟儿正在收拾行囊，准备去遥远的南方过冬。

接连几天都在修改一个小说。契诃夫曾经对蒲宁说，你不该疏于笔墨，应该终其一生笔耕不辍。这真让我羞愧，我曾经为自己找了那么多的借口来逃避劳动。可是除了写作，还有什么能让我确认自身的存在？除了写作时那巨大的幸福，还有什么能让我的心快乐地颤抖？现在，我老是拿来做借口的那些事情已经得到解决，似乎再也找不到另外的借口了。自这个秋天开始，我要安静地坐下来，抚平心中汹涌的波涛，让它们化作笔下的涓涓细流。

王佩，我很高兴地告诉你，我有了一个新的写作计划。它包括我已经写出的部分小说。它们将与我还没写出的小说一起，构成一本完整的书。你可以称它是一本短篇集，也可以称它是一部长篇小说。它们将以不同的方式来展示人们当下生活的境况，理想消逝，目标模糊，充满了种种无奈。是的，无奈。还有尘世间的忧伤。

我从来不是一个野心勃勃的写作者。对于我来说，阅读是我的生活方式；而写作，则是我存在的必需。我蔑视那些处心积虑用写作为自己赚取声名的人。这也是我不喜欢跟某些人交往的原因。他们那么急切想要加入到某种团体之中，不放过任何一个可以获得利益的机会；或者，他们早已是受益者，用挺得越来越高的胸脯证明自己的功成名就。但是，只要你一跟他们谈话，就立刻知道他们的斤两。他们的写作跟他们的心灵一样，都是干涸的。

我喜欢的是这样一些人：当昆德拉出走法国之时，他却谢绝朋友的劝告坚决从美国返回捷克，哪怕立即失去了工作，哪怕自己的作品在二十年的时间里完全遭到禁止，文稿只能在私下流传的伊凡·克里玛；在获得诺贝尔文学奖后拒绝了总统的宴请，理由是“为了吃一顿饭而跑那么远的路实在不值得”的福克纳……

我的理想，是在一个风景秀丽的小镇上住下来，除了阅读与写作，就在街头的地摊上下棋，或与卖水果的大叔聊天。每年，都有几个朋友从远方过来住一阵子，我会带他们去看我最喜欢的树林和小溪。

杭州当然是我向往的地方，不仅因为它的美，还因为那里有你。前几天跟林群联系，她推荐我去良渚住一阵子。我不知道良渚究竟如何，仅仅这个名字，已经够美了。

我还有个打算，只是目前还没到公开的时候，过两天打电话再告诉你吧，你可以帮我出出主意。已经过了晚饭时间，肚子开始饿了。我想吃五花肉炖豆腐了，现在要去超市采购，先写到这里吧。

替我问候你家的孕妇。

风华于黄河口煮砚室

2011 年 9 月 25 日

诗人书简（三）

致沈浩波：

最近这几天，一直想为你的《蝴蝶》写点什么。我很少有这样的时候：为一部刚刚完成的诗作送上我的赞扬，或射出批评之箭。因为我觉得，优秀的诗歌虽然必须能够一下子就俘获读者的心，但对于一部长诗，则需要有足够的时间来进行阅读和考量。因为对作者而言，一首长诗绝不是灵光一闪就可以将其完成的；对读者来说，浅尝辄止的阅读也不可能理解个中三昧与作者的良苦用心（在某种意义上，一部长诗不能不说是一项甘苦自知的巨大工程）。如果浮光掠影、走马观花而又疾言妄说，那肯定是对作者也是对诗歌的不敬。进一步则是，从根本上，我一直是排斥长诗的。因为我觉得对于一名优秀的诗人来说，不管多么艰深的思想、多么复杂的情感，他都应该能够在几十行的篇幅之内将其说清，否则就称不上是一个训练有素的写作者；再者，我认为也不可能有谁会在一部长诗之中将一口气贯注到底，写出一部浑然一体、毫无瑕疵的文本。我的意思是，不可能有长诗。或者是，不可能有完美的长诗。《荷马史诗》《李尔王》，其实都不是我们现在谈到的狭义的诗歌，而是最初的、戏剧与小说产生之前的叙述体式，其功用乃是叙事和流传。而现在，诗歌早就可以抛弃加诸其身的外在功能而首先面对我们的心灵。因此，在我看来，长诗也好，史诗也罢，都只是一个人的野心之体现。虽然这野心也并没有什么不好，只是，仅凭野心的烧灼尚与一部优秀之作相差甚远。但是，在看完你的《蝴蝶》之后，我却难以控制言说的欲望，不止一次想拿起笔写点什么。可是，写点什么呢？不妨从这里开始：看了《蝴蝶》前二辑之后，我一直在等着你的第三辑——我甚至带着一丝窃笑。（我问自己，如果是我，应该怎么写下去？）而之所以窃笑，是因为我存有一个不厚道的想法：想看看你能不能找到与我之所想相契合的、我以为相对完满的处理方式——然后，再据此得出对你的诗歌才能有的评判。如今，随着《蝴蝶》写作的终结，答案也已经水落石出：你做了你该做的！以一个有胆气，负责任，敢于直面自己心灵和外部世界的诗人的方式，为你的《蝴蝶》画上了一个足可自豪的句号。

不错，在人们的印象里，蝴蝶是一种美丽而轻盈的东西，阳光下、花丛中，我们见惯了它们的翩翩舞姿。可是很少有人会想到它的孕育、蜕化与成长——那一整个痛苦的过程。或者，这是一种自觉与不自觉的回避？因此，诗的第一辑势所必然地起始于对女人的抒写。有人说，诗歌是阴性的。这我同意。一个优秀的艺术家，大概总是或多或少带有一点女性的阴柔之气。或者说在他的心灵之中，总是有一个“温柔的部分”。自你在1999年进入人们的视野以来，似乎一直是头角峥嵘、百毒不侵，“锤不烂、砸不扁”。但是，真正吸引我关注并一直对你的写作满含期待的，其实正是你潜藏于内心深处的那种“母袋鼠般的温软”(《森林》)。在岩鹰编辑的《影响》上，曾刊有你的一大组诗。在相当长的一段时间里，我都坚持认为那是你最好最成熟的诗歌——也许现在也是这样认为的。《炉灰之城》《绍兴路的黄昏》《你不能理解一只蜥蜴的悲伤》《姐姐去了南方》等诗，或沉郁，或锐利，或痛楚，或轻灵，集中体现了你的诗歌才华。而你在“下半身”时期的写作，虽然给了假模假式的正统写作和诗歌道学家们当头一棒，对更年轻的诗歌作者打开他们的思想、拓展写作的边界起到了积极的作用，但单纯就那时的诗歌作品来说，我认为大约带有三分之一的表演欲望、三分之一的故意使坏成分和三分之一的青春期写作特征，难以标识出你所能达到的写作高度。另外，我也觉得你的《西安作证》等诗，由于过于强调精神的高度、思辨的力量和形而上，难免因其过于剑拔弩张而显得筋脉迸现、骨多肉少，缺少了诗歌的“柔劲”。回到《蝴蝶》上来，在第一辑中，你写到了母亲、妻子、初恋情人、女读者。在此，女性代表了痛苦的孕育、美和包容，还隐喻我们赖以生存的土地。沉痛的、犹疑的爱以及欲望。在第二辑里，则写到了祖辈和父辈：那些男人。“臻于完美的农夫”——没有见过面的祖父，矮小的“暴力和谎言之子”——父亲。在这里，我们像往常一样看到了作者——男人与父亲之间的紧张关系：儿子对父辈的审判由此开始。但是，事情并非如此简单。透过表象，我们看到的乃是对我们的漫长历史的质疑和对“冰冷祖国”的拷问！那些突然变长、变得繁复的诗句呼啸而来，逼得人透不过气。然后，在你一直用心思考、长时间没有出炉的第三辑中，我们终于看到了蝴蝶挣脱枷锁之后的腾空高飞和恣意滑翔。与之相应，你在这一部分里的写作也显得格外轻灵而自由，仿佛你与你的蝴蝶一道——不，你早已与蝴蝶融为一体——明亮地翔舞于蓝天之下。至此，长诗《蝴蝶》终于有了一个也许说不上完美但足可让人满意和放心的结构和结局。

这就是我想和你说的。除此之外，还能有什么更让人揪心的呢？那使一部长诗得以确立的东西，不是一气呵成，但是结构谨严；不是灵光一闪，但是福至慧海。眼看着你使诗歌写作变成了一种劳动，一种类似于耕耘的活计；我相信你必将从这次经历中受惠，成为你个人写作史上一个崭新的起点。这是一件让人羡慕的事情。而至于有关此诗的各种具体而微的东西，比如一个句子有多美好精准，一个段落有多激动人心……那都不在我与你的讨论范围之内。我看过河南诗人琳子的评论，虽然我一直怀疑女人的结构能力和批评能力，但她以一个女诗人的细腻与对语言的敏感，谈到了你的一些具有刻骨之感的诗句，感觉还是非常准确的——对于一部长诗而言，个别动人的句子的重要性虽然可以退居次席，但亦是不可或缺的细节与血肉。另外有些人简短的跟帖，则大多是一种热情的捧场，浮皮潦草，一带而过，提供不了什么有价值、可思考的东西。我现在想，即便我这封信，其实也已没有再写的必要。因为我对于这首诗最想说的那些话，你都已经在写给友人的信中夫子自道了。这充分说明你在写作《蝴蝶》的过程中，一直处于清醒和自觉的状态。（在第一辑的某些地方，虽然由于言说的热情曾经出现某种偏离，但你还是敏锐而及时地回到了既定的轨道。这是控制能力的体现，不再细论。）类似的经历也曾在我与作家吴玄的交往中出现过。去年，在我读了他的新作《陌生人》和几个相关的评论之后，感到一些专职评论家全都游离于小说之外，根本就没有说到点子上，于是就产生了为之写一篇评论文字的想法。可是，当我看到吴玄本人为这个小说写的一篇创作谈之后，发现我要说的话已经被他自己全都说出来了（吴玄是少数真正懂得小说是什么的作家之一），只好作罢。当我把这件事告诉吴玄的时候，他开玩笑说我是在为自己的懒惰寻找借口。而现在，之所以在读了你的那封信之后又写下这么多字，原因有三：一是不想再得到一顶懒惰的帽子，二是想借此与你交流我对《蝴蝶》的看法，三是想指出很久以来我对你与你的诗歌的认识。你知道，想找到一个合适的交流诗艺的人，并不是一件容易的事。而如果还有第四个原因的话，那就是《蝴蝶》，它打破了我对于长诗的偏见！为此，我要感谢你。

我所居住的黄河入海口，是一个荒凉的所在。黄河就像一个国家的历史，漫长、沉闷，携带着泥沙和废弃之物不停地奔涌。好在，这种荒凉没有像西部一样与那种锥心的贫困连在一起。每当心中郁结，我都要去入海口疯跑上一圈，然后神清气爽地归来。当我站立于茫茫荒原，就仿佛是另一个我看到了自身的存在。黄河入海，我无法入黄河。我把那里，称作“黄河欺负大海的地方”。有一天，我们也许会一起坐在那里，左牵黄河，右揽大海，幕天席地，把酒临风，展开无边无际的神聊。

别无他言，遥颂冬安。

邵风华，于黄河口

2009年11月15日

诗人书简（四）

亲爱的津渡：

经过半年多时间煎熬，没想到临到岁末，我竟然奇迹般恢复了正常。迫切地想要读书、写作。短短的一周时间里，竟然写了 20 首诗，这在我是从来没有过的事情。从前，我决不允许自己在一天内写第二首。因为我的观点是，如果你真的在一首诗中倾注了最真挚的情感，它足以耗尽你一天的能量；如果你还有余力去另写一首，那只能说明你在第一首中未用尽全心。而现在我这样做，只是想证明，在半年多的忧郁和压抑之后，我是否恢复了对于诗歌的感觉，那语言所赐予的光彩是否已在我的身上褪去。所幸，这样的担心被证明是多余的。然而，这并不能说明每晚我都能顺利地睡去。我只能用阅读来替代那一再袭来的对于从前生活的回忆。你知道，这回忆对我是一种什么样的折磨。痛苦可以使一个人警醒，懊丧却足以把一个人彻底打垮。当夜深人静，我一个人对着窗口读书，每每抬头就可以看到自己瘦弱的影子映在模糊的窗玻璃上，我心存疑虑地看着这个人，奇怪他到底为什么一直把自己置于命运那晦暗不明的背面。卡夫卡说，写作维持着我。然而在我心境最为不堪的时段，写作根本就不可能进行下去，甚至连阅读都不能。幸好，我还能练习书法，还能去影院观影……在影院的两个小时，我成了一个躯壳；我的情绪被剧中人置换，我随着剧情的翻转去笑、去哭、去流泪。当走出影院，一阵凉风把我吹回现实，人们就会看见一个重又垂头丧气的家伙，像一片羽毛一样飘过马路，回到他自己那个除了一堆书和又一堆书，几乎一无所有的家中。辗转难眠，或两眼发呆。亲爱的津渡，说实在的，如果在一周以前，这些话我连一句都不敢说，我竭力回避这样的话题，以减少对自己的关注。然而现在不一样了。想一想，也许是一种彻底的绝望医好了我。今天上午，我在诗中写道：绝望让人清醒。也许真的是这样吧，否则又怎么来解释呢。我知道你也曾经被这样压抑的情绪侵扰，所以你能够理解我此前艰难的处境。那天晚上你觉得我情绪异样，忍不住打电话来骂我。我的朋友，我为此而心怀感激。我所经历的，我想也许可以称之为“边界事件”，还好我没有在边界的另一边迷失。而现在，我的心里重新有了希望。不，不要担心，这是一种新的希望，不再是从前无望的幻想。多么好啊，我们还能写作！多么好啊，我们还能够阅读！多么好啊，还有那些互相关心互相包容的朋友！这次湖山社在朱家角的年会，又是你花钱出力，跑前跑后操持。由于提前赶到，在你家住了几晚，得以亲眼见到了你的辛劳，也让你见到了我在生活上的低能。我的生活，也许只是一片生活的废墟。有时候我审视着它，自己也觉得陌生。我曾经目标犹疑，并为此付出了10年的代价。还好我最终回归了我为之魂牵梦绕的事业：写作。在这个国家，真正将写作作为一种事业的人，其实是少之又少。那些浮浅的写作者，他们关注的，并不是写作本身，而是写作带来的虚幻而短暂的荣耀和利益。你知道，我多么瞧不上这种人。我忘记了是不是格雷厄姆·格林说过，不要用写作来谋取利益和某个职位。你瞧，我的记性越来越差了，我为此而苦恼。读过的书，看过的句子，很快就会模糊，而翻找起来，又不亚于大海捞针。看来，我只能干自己最擅长的，以一个诗人的敏感，去关注永恒的心灵。亲爱的朋友，你知道吗，现在我的心里重又长出了那种让人变得年轻的东西，就好比是一棵树，忽然在严冬里发芽和开花——讲出一个这么蹩脚的比喻，你不要笑我。我真的不知道怎么来形容才恰当。我觉得生活在我的面前又展现出了新的从来没有见过的风景。啊，新的一年马上到来了。在从前，和诗人普珉、岩鹰、周公度聚在一个小的论坛，大家总喜欢在年末岁初总结过去，打算未来——其实也只是开开玩笑而已。而现在，我迫不及待地向你说出我在新的一年的打算，好让你监督：新的一年里，我计划写 30 首诗，读 40 本书，到一个遥远的地方——也许是云南的某地——去写一本计划中的书。几年前在潜江，我尊敬的诗人、艺术家于坚曾经邀请我去云南住一段时间，可惜一直未能成行。写作需要孤独，而新奇的环境则会有新鲜的刺激和激发。我曾经开玩笑说，我隐居在东营。这句话，除了它是一句玩笑，还标明了我在东营的孤独。但也仅此而已。我的内心深处，向往着风景优美、空气清新的远方，在这里，我感到焦虑和烦闷。我只能像卡夫卡在诗中所写到的“倚着方形栏杆的某君”一样：“望着黄昏的水流 / 双手枕着古老的石头。”好了，唠唠叨叨说了这么多，已经晚上 8 点多了，我还没有吃饭呢。现在，就让我结束这封信，把它发给你，然后去吃一盘水饺，算作给自己的犒劳！

祝元旦快乐！

您的朋友，风华

2017 年 12 月 28 日于黄河口

Ⅲ 隐匿者手记

诅咒读者

在某种程度上，如果想要写出真正具有文学价值的作品，就必须无视读者的存在。这样的情况很可能不会出现：一方面向读者邀宠，向市场献媚；一方面又写出严肃的具有高超艺术水准的文学作品。自现代主义文学诞生以来，文学就逐步走上了一条不同寻常的道路。艾伦·塔特说，正是通过福楼拜，小说才终于赶上了诗歌。作为现代主义文学的鼻祖，福楼拜把小说的艺术性提到了一个特别的高度，并校准了那些伟大的后来者的方向。20世纪初叶，乔伊斯、普鲁斯特、卡夫卡们创造了现代主义文学的高峰，他们将目光投向了宇宙、时间和人的内心深处，他们没有向读者投来哪怕轻盈的一瞥。他们的传人，布洛赫、贝克特继续在文学的诗性上向前推进。哪怕数年不能出版作品，哪怕枯守清贫靠接济度日，也不对世俗的读者稍假辞色。要想在前辈大师的笼罩和挤压下找到一条不同的蹊径，雷蒙·格诺、乔治·佩雷克和卡尔维诺等人为主体的“乌力波”（文学工场）的出现也就顺理成章了。他们的同行者包括法国新小说、新新小说和寓言小说诸家。正像威廉·福克纳说的那样：“我有自己必须达到的标准。”如何达到文学的真正标准，而不向世俗的权力妥协，这才是一个作家应该关注的事情。

不必担忧，真正的文学从来不缺少读者。从另一个层面上来说，真正的文学创造了自己的读者。美国小说家马克·哈里斯斩钉截铁地说：“我写。让读者学着去读。”如此，那些少量的读者，以自己对于文学的丰富知识，和一种“不低于小说家本人的理解水平”提升了阅读的层次，形成了与小说家最愉快的交流。只有当作家以艺术良知，而非以读者和意识形态的胁迫来控制自己的写作，才能写出真正严肃的作品，也才能受到高质量读者的喜爱和追捧。当然，其前提是，你必须具有诅咒读者的勇气和能力。

黄昏的圣徒

黄昏是这样一种事物，它把天空的华美变得触手可及，并用一种宗教般的力量，让我们身陷在痴迷之中。然而不可避免地，黄昏所呈现的是一种末世之美，它对我们实施了可称之为毁灭的美学教育。一旦我们皈依黑夜，毁灭就将成为最恰当的存在方式。

星星能给我们指示天堂之门的方向吗？我对此表示怀疑。当然，我们也不能将心愿寄托在梦境之上。我们的目标：看似寻找永恒的处方，其实只是为了继续活着。然而活着并不是达到永恒的唯一路径。更多时候，活着与永恒的追求总是背道而驰。因为生活总是与苟且联姻。啊，这真是太遗憾了，我们付出了努力，却得到了最不想得到的东西，甚至违心地称颂它。可是，当你试图改变这一切，你很可能成为所有人的敌人——包括你自己。

那么，该如何评价人类那可笑的宇宙观呢？人人妄图取得精神与宇宙万物的平衡，可肉体的倦怠又提示了生命的无能。人在其间，饱受煎熬。人丢失了自己的存在。

隐匿者与河流

一个人想藏在自己的梦里不再现身。对于他而言，外在的世界早已变成混乱的废墟。而坍塌的建筑物使广场成为砖石博物馆。他只能隐身在梦中，因为现实已经让他失望透顶……他甚至也不了解他自己，不了解自己的想法、出路和方向。而最让他痛苦的是，他也不了解自己的梦。

他在梦中放置了河流。各种各样的河流——也许是世界上所有的河流，以及河流的象征。他曾经积极生活，可那些有着漂亮履历的人，都在黑夜的掩护下汇成了河流的一部分。一切过往，和一切逝去的梦一般的情感，都幻化成水中的生物，围绕着他，像夏夜的星星使人目眩。

可这只是他的梦的后遗症之一。无数个瞬间，他试图倾向于相信自己。除此之外，他没有更多的奢望。但是，他能够相信自己吗?

现实早已倾覆。只有感觉变成了河流。风在其中梳理着波纹——风，如此耐心，像一个见证者那样耐心。作为一个隐匿者，他必须生活在自己的感觉中。这是隐匿者的宿命：当他从生活中抽身而退，河流终将带走一切……他只有在梦中死去，才能使他的隐匿之梦被确定下来。

不道德的观察

在过去的一年里，我沉迷于一个观察的游戏。我在一个陌生的小区里租下了一套房子，那里离我住的地方只隔着两条街道。因此，我得以在每天晚上往返于这两个地址之间。现在，我就在这间租来的房子里。我没交电费，所以不会有人看到这所房子亮起过灯光。对于小区里的其他人来说，这是一间空房子。人们只知道它的主人去了另外的地方。我只在每晚十点半左右来到这里，具体的时间无法确定，因为我必须保证不让任何人看到我。对于他们来说，我是一个隐身人。我像一个真正的小偷一样出现在这里，我必须成功地得到我想要的一切。

我是一个观察者。我的日常生活在距离此处两条街道的地方。我必须保持足够的神秘才能完成一个观察者的任务。我是一个楔入这里的家伙，我为自己制订了严格的计划，我的目标是他人，有时候是他人的生活。但我并无恶意。

我只是一个观察者。为此，我的代价是放弃自我。我早已将我的灵魂递交出去：他们保存了我的灵魂，将其锁在一个扔掉了钥匙的抽屉里。我必须每晚到这里来，我已经将这里所有的房间都编了号。我用悲伤填充了自己空余的部分。每个晚上，我都像一具尸体那样睡去。

其实我并不希望醒来。因为每个早上都毫无变化。只是有时下雨，有时晴朗。我理解我的悲伤：我将因为没有灵魂而得到永生。但是，我在世上的每一天，都是不真实的。直到有一天，所有的人都无视我的存在。我的脚步像雷声炸响了整个城市。

怀疑语言

我们都生活在语言之中。也是语言赋予了世界以意义。

但我却时常陷入对语言的深深怀疑之中。我怀疑对于不同的语种而言，存在一个不同的世界。我怀疑有什么样的语言，便有什么样的人生。当我学说英语，我便塑造了另一个自己。

但我毫不怀疑，有什么样的语言，就有什么样的文学。面对书架，我常常想，不同语种间的文学，真的能够通过一种媒介来取得联通吗？当路易-费迪南·塞利纳用一种大众的法语，或者说用巴黎及其郊区普通大众的日常用语来构筑他的伟大作品，我们如何才能体会这种语言对他的作品的意义，或者说，如何才能真切地体会到这种经过加工并赋予其一定文学性的日常用语的美妙之处呢？显而易见，这种语言不可能在汉语中找到准确的对应。

我对语言的译介并不信任。除了它所描述的事实，我们的确无法在另外一种语言中充分体味它本身蕴含的韵味、美感，总之——它的文学性。

而诗歌，在翻译过程中，其基于语言的魅力和诗意更是丧失殆尽。诗歌，只能是一种限定在既有语言之内的艺术。如果翻译的诗歌只是让我们看到它所描写的风景，它所叙述的事件，它所阐述的哲理和感悟，那么，它还能被称为诗歌吗？

在历史之中

我忘记了我一生中许多重大的事件。之所以称之为重大，是因为它们对我的人生走向有着非同一般的影响，有的甚至是决定性的。但是，我将它们忘掉了。

不能说我蓄意如此。我相信我的一生是一个统一的事件，难以分割。然而，如果我承认它是由一个又一个的瞬间连缀而成，那么在某一个时刻，就肯定会有一个恍惚的瞬间存在。这是每一个人一生所面对的最大难题：空无。一切无法找到合理解释的现象大抵产生于此。我们无法实现挪移。如果世界真的像尼采所宣称的那样已经成为一个寓言，那么，个体的人生在这个寓言中应该充任一个什么样的角色呢？这寓言所显现出来的，是不是一种绝对的可称之为真理的存在？

我们作为现代人生活在生活之中。我们生活在过去，也生活在未来。我们生活在历史之中，也生活在遗忘之中。我们是可耻的。我们是可赞叹的。但可耻多过赞叹。

由恍惚聚成了涣散，思维和知觉尽皆如此。人生不再是艺术性的完美，也不再统一。道德由此出现缺漏。审美体验也越来越缺少差别。最终，都会沦陷在物质海洋之中。

“真理不再自行置入。”

信　物

信物是一种见证之物。它主要的作用至少有两种，一种是为了转述之可靠，一种是为了交换真诚。前者可能牵涉到第三人，而后者大抵在两人之间发生。

信物往往意味着事关重大。但信物的出现，有可能从另一方面取消了对神的确信。因为信物也是誓言的一种。当人们没有一个神祇可以祭出来作为证明，那么不可避免地，就出现了信物。从这个意义上说，信物是不信的必然结果。

可是，人们从何时开始了不信，或者从何时取消了对神的信仰，是一个无法查考的事情。——这也许是人类沉沦的开始。

博尔赫斯曾经引述过柯勒律治的一篇短文："如果一个人在睡梦中穿越天堂，别人给了他一朵花作为他到过那里的证明，而他醒来时发现那花在他手中……那么，会怎么样呢？"

还能怎么样呢？作为一个叙述，它已经足够完备。在这一事件的背后，就是我们已经谈论过的征信。在权力之间，需要一柄剑或一个印信；在情人之间，至少需要一束花。

因为它的美丽，花朵成了爱情的信物。但人们似乎忘记了：被折下的花是一种易逝之物。它的芳香和美丽都是暂时的。这也从反向说明了，在人的一生之中，爱情的鲜艳与美好也许只是一瞬间的事。

可是，这有什么关系呢？我们已经把神驱逐出我们的生活，而信物，正好可以作为我们对自己内心的否定。

感觉万物

诗人阿尔伯特·卡埃罗在其作品中设置了一种奇怪的矛盾之物：如果你认为他的诗基于情感，你将发现此种情感的不可存在性。一种不存在的情感，它的产生与描述多么激动人心，多么让人惊诧。

追溯这种情感的来源是可能的。他的阐释者最终将其命名为感觉主义。感觉主义的奇妙之处在于，不仅要将感觉作为灵感的基础，还要将其作为表达的手段。而要做到这一点，对于写作者来说，必须要用感觉来代替思想。

思想并非文学的必需之物。否则，文学就不会与哲学分离。将文学归类于艺术，也许是恰当的。因为它们都表达了人类的情感。哪怕这种情感并不存在！

可是，当卡埃罗在诗歌中放逐了思想，或者对思想具有了“攻击性”，那么在他独有的自然观看来，人们从万物中并不能读到任何意义。

与卡埃罗有所不同，完整的感觉主义还有另一个分支——可里卡多·雷斯医生，显然他并不那么纯粹，因为他不仅屈服于纯粹的万物客观性，还屈从于自然中必要事物所具有的等同的客观性、现实性和天然性。因此，他也就承认了宗教在感觉主义上的合法性；而在卡埃罗那里，宗教并不在纯粹与直接的感觉所具有的直接事实之中。

不仅限于此。对于卡埃罗的信徒阿尔瓦罗·德·坎普斯来说，感觉就是一切。但感觉到的，不是万物的本来面目，而是感觉中的万物。因此，他用尽所有努力去感觉的，并非万物本身，而是各种各样的感觉。“用一切方式感觉一切事物。”

至此，感觉主义具有了三种形态：卡埃罗，必须感觉事物的本来面目；雷斯，必须去感觉事物，不仅是其本来面目，还要符合某些理想的方式和原则；坎普斯，只要去感觉事物就可以了。

然而，在文学中，它们并不单独存在。因为，他们都是费尔南多·佩索阿的异名者。

何以如此？因为佩索阿乃是有史以来文学中最伟大的矛盾。

爱

我似乎从没有认真思考过爱这个命题。在我年轻的时候，我觉得爱是每个人生命中应有之义。有什么好思考的呢，爱不是只需要耐心地等待，就总是会到来的吗？现在回过头去省察一番，才明白从前对于爱的认识是多么错误。爱，它需要你不断地为之付出，它需要你像一个辛劳的花农日复一日地浇灌园中的花木。

在现代社会，深沉的爱不再受到青睐。它不是藏在心底发酵，就可以像醇酒一样越来越散发出醉人的香气。不是的。现代的爱与古典的爱如此不同，它需要表达，它就是肤浅的爱。你对爱的认识越深邃，你就越明白爱的肤浅。从前我认为爱是多么庄重，一旦说出口，就会变轻。我不明白，爱就是一种越来越轻的东西。它只有像气球一样飞到半空，才能让对方发现它的存在或美丽。

也许，只有当你觉得你将要失去它时，爱才变得深邃而沉重。只有这时候，爱才是最为真切可感的。这也是为什么，当你在享受爱的时候，往往写不出深刻感人的情诗。只有当爱变成抽象之物，不再寄托于某个具体的人，爱才能被描摹出来。这时，你爱的人正在离去。你的爱正变成一种痛苦的爱。

你爱这痛苦的爱。你认为它是最好的爱。你在最最痛苦的时候也曾动摇过，觉得爱是不是为了摆脱孤独。最终你知道不是的，因为你爱这孤独，超过了爱。

相似性

相似性使人类避免了灭绝的噩运，哪怕这种相似性是一种对于人类自身的反抗。但相似性仍然是一种怯懦的表现。可因为这就是本质，所以无法幸免。然而要为相似性归类，将是一件吃力不讨好的事情。因为相似性本身就具有模糊的性质。是相似性让人放松了警惕，从一定程度上减弱了彼此的伤害。然而我们不能将希望寄托于此。因为最终，相似性要么走向同一性，要么走向决裂。两者的结局都是灾难性的。

要给相似性下一个恰切的定义的努力注定是失败的。至少在我的能力之外。我感知了它，但无法把握它。我只能小心地探测它的边界，用一双内视心灵的眼睛。我知道相似性不是永恒的，它不可能堕入混沌之境，哪怕它的消失跟人类的溃败几乎同步。当然，它也不可能是对称的，只是偶尔有所重叠。我对此抱有有限的信心。不过我知道，早晚会有人注意到这一点。它对人类的影响怎么预估也不为过，包括战争、挤压、掠夺。相似性是暴君的温床，因而也是奴隶的乐园。在相似性的王国里，自由被放逐了。人们遗弃了他们所能遗弃的东西，就像被突如其来的幸福弄得晕了过去。

诗，或诗性

诗是文学的终极目标。在一定程度上，诗超越了文学。在欧洲的艺术六分法中，诗歌占据了一席之地。而且，当一种艺术形式达到它最高级的程度，人们就会说它：像诗一样。音乐、绘画、建筑、雕塑、戏剧，莫不如此。或者可以说，如果不能抵达诗性，很难成就最高的艺术。

好的文学即是朝向诗性的努力。福克纳说，短篇小说是最接近诗歌的艺术形式。这句话，通过对短篇小说的褒奖，肯定了诗歌的终极地位。雷蒙德·卡佛也阐明了类似的意思。前者是一个“不成功的诗人”，后者则是一位优秀的诗人。

19 世纪著名作家约瑟夫·艾辛多夫说：“诗就是这个世界的心。”

那些伟大的作家基本上都具有诗人和小说家的双重身份。从另一个角度来说，那些真正对小说这种文体的发展做出最重要贡献的作家，往往同时也是杰出的诗人。我们可以列出一长串名字：卡夫卡、乔伊斯、贝克特、罗伯特·瓦尔泽、博尔赫斯及其极为推崇的吉卜林、爱伦·坡，还有麦尔维尔，等等。

而在布鲁姆看来，真正对文学及文学理论和批评贡献最大的也恰恰是诗人批评家。在这方面也可以举出不少例子：马拉美、波德莱尔、艾略特……

杰出的小说家、戏剧家和诗人彼得·汉德克说："我是一个具有诗意的作家，带着一些戏剧性倾向……我的灵魂是诗歌，而且我的整个机制来自诗歌……从根本上来讲，我在探讨或者创作戏剧的时候，仍然是一个偏向诗歌的、偏向抒情方面的诗人。"

就是这样。

漫步者

当他漫步，他把自己交给了湖上的夜晚。在漆黑之中，他是更黑的一个。

远处的光亮不代表回归。他走得更远了，但尽量不要迷失自己。他明白自己的局限。他会同诱惑展开搏斗。他已经准备好承担搏斗的后果。

在情感上，他早已背叛了自己。他只有作为一个单数才能存活下来。没有人比他更明白这一点。虽然他也挣扎过，但对命运而言，他的反抗无足轻重。

我们必须原谅他。我们必须看清他内心深处真实的部分：他为存在所做的一切。他在梦幻之中经历过的一切。当然，这并不能保证他不会像个孩子那样迷失在波德莱尔那“象征的森林”中，成为一个注定要消失的奇迹般的瞬间。

当然，这并非他的目的。

至少他拥有了一个自我之夜，以及不可模仿的生活。在永恒的时间那不可跨越的沟壑之中，他完成了对自我的试验和鉴定。现在，他知道他再也跨不过去了。

我们该对他做些什么？

反对谦卑

必须承认，我并不喜欢谦卑。不喜欢这个词，以及这个词立刻在我脑海中显现的谦卑的形象。我也不喜欢谦卑者。在他们面前，我感觉到生命的尊严受到了冒犯。生命不应该是这样的，它应该是一曲惠特曼式的“我之歌”：闪耀着太阳的光辉。

我们当然要承担自己的过失，但这和谦卑无关。由谦卑获得的谅解是低廉的。我们不是罪犯，不需要用低沉的语调和低下的头颅来认罪或忏悔。在生活中，我见到很多谦卑的人，握着的手迟迟不能松开，仰着的笑脸变得僵硬。这种愚蠢的行径真是令人疲惫且毫无意义。

我们应该服从的，只能是辉煌的思想。“黄金在天上舞蹈，命令我歌唱。”这命令来自神性之光。而谦卑却以其貌似笨拙的表面实践了暗藏的欺瞒。当你将它看作人的荣耀，我偏将其认作耻辱。

我愿做异端的担保人。

艺术犯

让·科克托提出过一个建议：艺术应当向犯案学习。他的意思是，艺术应当有一种不同寻常的技巧。对于罪犯来说，如果他所施展的技法失去效用，他就不可避免地显形，从而受到程度不同的惩处。所以，一个艺术家必须拥有不被人识破其艺术密码的能力。这种能力要求他不能人云亦云，也不能以才华作为借口——要知道，没有什么比才华更不可靠的东西了。

如果要成为一个出色的写作者，可以很容易开出一张有效的处方。然而，如果没有严肃的工匠精神，没有一砖一瓦的积累，最终将止步于梦中的楼阁。你必须每天记下你观察到的一切，并为它们选择最恰当的词汇；你必须做一个耐心的故事收集者，捡拾起生活中每一朵细小的黄花。你要用理性统摄起你命运的缆绳，在你选定的道路上缓慢而艰难地摸索和前行。

然而，如果缺少了才华，你只能选择另外的道路。

——正像犯案也需要才华。

致　谢

感谢作家、诗人、翻译家陆源先生，没有他的努力，就没有这本书的存在；感谢编辑孙静静女士的敬业和付出，加快了这些文字从一堆电子文档到一本漂亮的书的进程；感谢漓江出版社的信任，这是我的第一本随笔集，对我今后的写作肯定具有特别的意义。而且，如您所见，我的随笔写作和对于随笔这种文体的认识与常俗有所不同，很多文字更像是出自某一个年代久远的幽思者之手。书中几乎涵盖了随笔文字的所有形式——抒情短文、叙事文、日记、批评、书信、札记，希望它们略显散杂的外形在一定程度上被贯串其中的对于现实、人生和艺术的深情与专注所塑形，能够清晰地呈现出我的某种精神样貌，那将是我的幸运。

感谢我的朋友们长期以来对我的关心爱护，他们包容了我的狷介和不驯，又鼓励了我的真率和坦诚，他们是我的同行者，也是我的目标和动力源；感谢那些通过网络，在博客、微信公众平台等自媒体上看到我的随笔文字后给予热情肯定和褒扬的读者，其中绝大多数虽然不知名姓，但想到我们都有一颗对于文学的炽热之心，就让我备感温暖。

感谢我的家人。

最后，“感谢文学，感谢它能有所庇护和例证”（苏珊·桑塔格）。

邵风华

2019 年 1 月